여섯 영혼의 노래, 그리고 가수

여섯 영혼의 노래, 그리고 가수 9

킹묵 장편소설

초판 1쇄 찍은 날 § 2018년 10월 17일
초판 1쇄 펴낸 날 § 2018년 10월 24일

지은이 § 킹묵
펴낸이 § 서경석

총괄팀장 § 최하나
편집책임 § 이종식
편집 § 김경민

펴낸곳 § 도서출판 청어람
등록번호 § 제387-1999-000006호
등록일자 § 1999. 5. 31
어람번호 § 제1-2966호

주소 § 경기도 부천시 부일로 483번길 40 서경B/D 3F (우) 14640
전화 § 032-656-4452 팩스 § 032-656-4453
http://www.chungeoram.com
E-mail § chungeorambook@daum.net

ISBN 979-11-04-91850-6 04810
ISBN 979-11-04-91686-1 (세트)

9 [완결]

킹묵 장편소설

여섯 영혼의 노래, 그리고 가수

FUSION FANTASTIC STORY

도서출판 청어람

여섯 영혼의 노래, 그리고 가수

-Contents-

Chapter 1

공연 준비 I

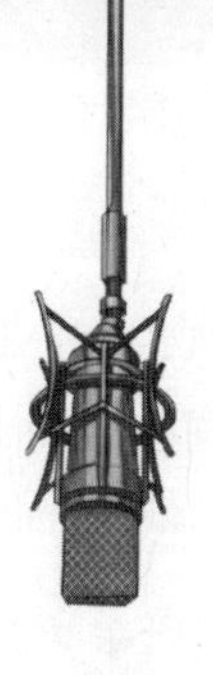

며칠 뒤, 조셉은 떨리는 마음으로 TV 앞에 앉았다.

이미 앨범을 통해 에델이 부르는 노래를 들어봤기에 어떤 곡인지 알고 있었다.

그래도 유명한 쇼 프로그램에 나오는 손녀의 얼굴을 확인하고 싶었다.

"언제 나오는 거야?"

화면에는 윤후가 나오고 있지만 조셉은 화면에 집중이 되지 않았다. 그저 에델이 빨리 나오길 기다렸다. 그리고 프로그램이 끝날 때가 돼서야 에델이 화면에 나왔다.

"자넷, 에델 나와. 우리 손녀 에델 나온다고."

"보고 있잖아요. 엄청 예쁘네, 우리 에델."

화면을 보던 조셉은 그제야 미소를 환하게 지었다.

에델이 무슨 말만 해도 박수 치며 좋아하던 조셉은 마지막 곡이라는 말에 아쉬워하면서 TV에서 눈을 떼지 못했다.

화면에는 무대에 선 에델의 모습이 보였다. 조셉은 기도라도 하는 듯 양손을 부여잡았다. 기다리던 에델의 목소리가 들려왔다.

앨범이 발매되고 하루도 빠지지 않고 매일 듣고 있었지만, 에델의 얼굴을 보며 노래를 들으니 말로 형용할 수 없는 감정이 밀려왔다.

노래를 부르는 에델이 안쓰러우면서도 TV에 나와 노래를 부르는 모습이 대견해 보였다.

에델의 모습에 감정이 격해진 조셉은 눈물이 흐를 것만 같아 헛기침을 하고 침을 삼켰다.

자넷은 이미 눈물이 볼을 타고 흘러내리고 있었다.

자신들에게 하는 말.

에델은 그동안 하지 못한 말을 노래를 통해 뱉어냈고, 조셉 부부에게 그 마음이 전달되었다. 그리고 노래가 끝나자 에델의 얼굴이 화면에 클로즈업되었다.

"정말… 감사합니다."

조셉 부부는 에델의 말이 자신들에게 하는 것이란 걸 알았다. 결국 참지 못하고 눈물을 흘린 조셉이 자넷의 어깨를 가볍게 감쌌다.

"잘 컸네. 우리 에델, 너무 예쁘지?"

"그럼요. 그걸 말이라고."

* * *

방송이 나가고 난 뒤 엄청난 여파가 몰아쳤다. 윤후는 활동이라고 할 만한 것이 전혀 없었다. 기껏해야 Y튜브에 올라온 뮤직비디오가 다였다.

정말 윤후에 빠져 있는 사람들은 직접 윤후에 대해 찾아봤지만 그렇지 않은 사람이 훨씬 많았다.

그렇기에 윤후의 노래만 듣고 좋아한 사람이 대부분이었다. 한국에서는 가끔이라도 방송에 나왔지만 미국에서는 그러지 않았기에 윤후를 그저 실력 있는 동양인 정도로 알고 있었다. 그런 사람들이 TV에 윤후가 나오자 관심을 보였다.

—생각보다 유쾌한 사람 같던데. 농담도 잘하고.

—톱스타라는 느낌보다는 그냥 주변에 있는 사람 같은 느낌이더라. 내가 친구 하자고 해도 해줄 것 같은 그런 느낌?

—넌 안 해줄 듯.

—방송 보고 진로에 대해 고민했다. 경비원으로 취직하고 싶다는 생각이 머릿속에서 떠나질 않아.

윤후가 농담을 하진 않았지만 방송 분위기상 방청객들이 웃은 탓에 농담을 한 것처럼 되어 있었다.

사람들은 윤후가 생각보다 유쾌하고 밝은 사람이라고 생각했다. 또 친구들과의 통화에서 미국의 유명 연예인과 통화를 할 줄 알았건만 진짜 친구와의 통화였기에 놀랐다.

그리고 그 친구가 대하는 걸 보고 윤후가 스타라는 위치에 얽매이지 않는다는 것을 느끼게 했다.

젊은 시청자들에게는 그 점이 가장 크게 다가왔다.

왠지 가깝게 다가갈 수 있을 것 같은 사람.

세계에서 가장 인기 있는 스타이지만, 길에서 만나면 서로 웃으면서 주먹을 부딪칠 수 있을 것 같은 사람처럼 느껴졌다.

그리고 토크쇼 중 대중들이 가장 큰 관심을 보인 것은 당연히 'Thank you'에 대한 것이었다.

처음 앨범을 발매했을 때는 빌보드의 기록을 매주 갈아치우는 윤후의 신곡이기에 관심이 큰 것도 사실이었다.

하지만 'Lon'처럼 신나는 곡을 기대한 젊은 층의 반응은 생각보다 좋지 않았다. 젊은 층보다 오히려 중년 이상의 나이대에서 큰 인기가 있었다. 하지만 방송의 영향으로 윤후의 이미지가 친근하게 변해 버리면서 젊은 층에서도 차츰 인기를 끌기 시작했다.

무엇보다 방송에도 심심찮게 노출되었다.

음악을 소개하는 것도 아닌 토크쇼나 스탠딩 코미디에서도 'Thank you'에 대해 언급했다.

그만큼 빠르게 파고들고 있었다.

그리고 지금 라디오 출연을 위해 LA에 와 있는 윤후 역시 태블릿 PC를 보며 피식 웃었다.

방송에는 흑인 개그맨이 나와 스탠딩 코미디를 하고 있었다.

―엄마 생일을 내가 그만 잊었지. 문제는 내가 이번 생일에 기가 막힌 선물을 준다고 했거든. 그런데 내가 빈손인 걸 확인하더니 입에 담지 못할 말을 뱉더라고. 어릴 때 살던 할렘가에서도 못 들어본 욕이었어.

―하하하하!

―그러더니 또 막 울더라고. 그래도 미안하잖아. 그래서 생일을 잊어버려서 미안하다고 했지. 그랬더니 누구는 노래를 만들어서까지 고맙다고 하는데 아들놈은 생일조차 잊었다고 막 대성통곡을 하더라고. 누군지 알지?

—후! 에델!

—맞아. 듀엣곡이잖아. 그래서 내가 그랬지. 아직 같이 부를 남편이나 오빠가 없다고. 그런데 엄마가 날 감싸주더라고. 그러더니 미안하대. 내가 게이인 줄 몰랐대. 오 마이 갓! 고작 농담한 걸로 게이가 돼버렸어.

코미디를 방청하던 사람들이 마구 웃었고, 윤후도 그 영상을 닫으며 피식 웃었다. 그러자 같은 차에 타고 있던 에델이 고개를 저으며 말했다.

"오빠는 그게 웃겨?"

"아니. 웃기진 않는데 신기하잖아."

"뭐가?"

"관객들이 전부 'Thank you'에 대해 알고 있으니까 웃은 거잖아. 우리 노래를 안 들어봤으면 어떤 곡인지 몰라서 안 웃을 거 아니야."

"아, 그러네. 오, 이상한 데서 예리하네?"

에델도 직접 활동하면서 사람들의 반응을 몸소 느끼고 있었다.

방송국의 스태프나 각 분야의 사람들이 치켜세워 주기에 자칫하면 기고만장해질 수도 있었지만 에델은 그러지 않았다.

언제나 변함없는 윤후 덕분에 에델도 지금 자신의 인기가 크게 대단하다고 생각하지 않았다.

앞 좌석에서 모든 상황을 아는 앤드류만 가볍게 미소 짓고 고개를 돌려 윤후를 바라봤다.

"오늘 라디오는 영상으로 Y튜브에 올라올 겁니다. 인터뷰는 어제 드린 그대로 진행될 예정입니다."

"네."

"다음 주까지만 출연하시면 되니 조금만 참아주십시오."

앤드류의 말에 윤후는 고개를 갸웃거렸다.

아직 활동을 시작한 지 며칠 되지 않았기에 다른 활동이 있는 건가 싶었다.

"공연 준비를 하셔야 합니다. 투어 일정이 모두 잡혔습니다."

윤후는 말을 많이 하는 방송보다 노래를 부르는 공연이 훨씬 좋았기에 두말없이 찬성했다. 그러자 에델이 입을 삐죽거리고는 앤드류에게 물었다.

"아저씨, 첫 공연이 언제부터예요?"

"공연은 한 달 뒤부터입니다. 첫 투어 장소는 저번에 말씀드린 대로 미국입니다. 뉴욕 매디슨 스퀘어 가든에서 시작해 LA를 끝으로 미국 공연은 마무리됩니다. 그리고 다음 주부터 한국에서 제이 씨와 루아 씨가 합류할 예정입니다. 또한 예정에 없던 한 팀이 더 합류하게 되었습니다."

"누구요?"

윤후도 갑자기 다른 사람이 참여한다는 소리에 궁금하다는 얼굴로 앤드류를 바라봤다. 앤드류가 미소를 지으며 말했다.

"조셉 씨와 자넷 씨가 'Thank you'에 세션으로 참여해 주신다고 하셨습니다."

"할아버지랑 할머니가요?"

"네, 그러셨습니다. 첫 투어부터 함께하시게 됩니다. 그리고 공연 연습에도 참여하실 겁니다. 물론 숙소는 에델 양의 아파트에서 가까운 곳으로 준비해 드렸습니다."

에델은 신난 얼굴로 발을 동동 구르면서 윤후의 팔을 때렸다. 윤후도 잘되었다는 듯 미소를 짓고 앤드류에게 고마워할 때, 앤드류가 말했다.

"그리고 공연 이틀 전에 도착할 예정입니다. 지금쯤 얼추 끝났겠네요."

"누가 와요?"

이미 미국에는 윤후와 가까운 사람들이 전부 와 있었다. 경비 할아버지를 비롯해 조만간 도착할 제이까지. 그렇기에 윤후는 누가 온다는 것인지 몰라 고개를 갸웃거렸다.

"약속 지키셔야죠."

앤드류의 말에도 윤후는 여전히 생각이 나지 않아 누구일까 떠올려 보려 한참을 고민했다. 그러다 약속이라는 말에 문득 드는 생각이 있었다.

"덥덥이들?"

앤드류가 미소 띤 얼굴로 고개를 끄덕였다. 윤후도 예전에 한 약속이 떠올랐다. 비록 자신이 한 약속이 아닌 김 대표가 내건 이벤트였지만, 앤드류는 잊지 않고 있었다.

"삼십 명 와요?"

"네. 라온에 확인해 보니 정확히 서른 명이라고 하더군요."

윤후는 팬카페에 매일같이 인증 사진을 올리던 덥덥이들을 떠올렸다. 아직까지도 잊지 않고 올리고 있었다.

그런데 그 수가 서른 명이 훨씬 넘었기에 약간 미안한 마음이 들었다.

그런 윤후의 마음을 알아챘는지 앤드류가 미소를 지으며 말했다.

"서른 명씩 세 번에 걸쳐 초대해도 됩니다. 뉴욕, 휴스턴, LA 순으로."

"그래도 돼요?"

"물론입니다. 그럼 그렇게 알리겠습니다."

*　　　*　　　*

라온의 사무실에는 얼마 전 존 스웨인이 진행하는 나이트 토크쇼에서 자신들이 나온 모습을 사진으로 뽑아 벽에 붙여 놓았다.

한국에서는 윤후의 전 소속사라는 이름으로 뉴스에까지 소개됨은 물론이고 한국의 매체에서도 윤후와 친분이 있다는 이유로 섭외가 물밀듯이 들어왔다.

라온 식구들은 모두 바빴지만, 김 대표와 김진주만큼은 아니었다.

"대표님, 저 오래 살 거 같아요."

"네가 왜? 회사 욕하는데 왜 네가?"

윤후의 팬카페 'W. I. W.'를 맡고 있는 김진주는 현재 라온에서 제일 바빴다. 이미 아르바이트 인원까지 고용해 전담 팀을 만들었다.

그런데도 MfB에서 알려온 소식 때문에 라온에서 그나마 한가한 김 대표까지 붙었다.

여권이 없는 사람이 있을 수 있기에 빨리 준비해야 했다.

잘못하면 이벤트를 진행하고도 욕을 먹을 수 있었다. 다행히도 공연 한 달 전에 미리 알려와 다행이라고 생각하던 것도 잠시, 이벤트 대상자를 선출하는 데 문제가 생겼다.

우연하게도 덥덥이들 중 한 명이 윤후의 공연 소식을 접했는지 뉴욕에서 하는 공연에 자신들을 초대하는 것이 아니냐며 운을 띄웠다.

그것을 시작으로 라온에 문의가 쏟아졌다. 지금 준비를 하고 있는 라온으로서는 당당하게 공지를 내걸었다.

장소: 뉴욕(매디슨 스퀘어 가든)

날짜: 2018년 8월 4일(현지 시각)

준비물: 여권 필수 및 개인 용품(숙소 및 식사 제공)

이벤트 당첨자 ID(30명)

WishW. Defound. 후아후아…….

이 글을 올린 순간 전화는 물론이고 온갖 내용이 적힌 메일을 받았다. 못 가는 사람이 있지 않느냐는 둥 안 뽑아주면 죽는다는 둥 자신의 성적 증명서까지 보내온 사람도 있었다. 이미 당첨자를 뽑아놓았기에 더 뽑을 수도 없었다.

게다가 학생들의 방학에 딱 맞아떨어졌기에 당첨 인원들은 어떻게든 참여하겠다고 알렸다. 그리고 당첨자들은 싸움이라도 붙이려는 듯 인증 글을 올렸다.

—출국 준비 완료! 여권 사진이 이상하지만 우리 후 만날 준비 끝!

부럽다는 글도 있었지만 대부분 욕이 주를 이뤘다. 그러다 보니 다툼이 일어날 수밖에 없었고, 라온은 다툼을 말리느라 글을 삭제할 수밖에 없었다. 결국 불똥이 라온에게 튀었다.

—공정하게 뽑은 거 맞아?
—내가 아는 사람 돈 주고 뽑혔다는데. 나도 돈 줄걸.

말도 안 되는 글이 많았지만, 지금 라온에서 강경하게 대응한다면 자칫 팬카페가 폭파할 수도 있었다.

소속사에서 대응을 잘못해서 가수에게 피해가 가는 경우도 종종 있었기에 김 대표는 이미 당첨자가 나왔지만, 팬들을 달래느라 자리를 뜨지 못했다.

그때, 옥탑 사무실 문을 열고 최 팀장이 들어왔다.

"장훈아, 잘 왔다. 너도 좀 도와라. 너 애들 잘 달래잖아."

빠르게 손을 흔드는 김 대표의 모습에 최 팀장은 가볍게 미소를 지으며 다가갔다.

"뭐야? 왜 실실 웃어? 무슨 일 있어?"

"조금 전에 MfB에서 팩스가 도착했습니다."

"또 왜? 도대체 왜?"

"그 이벤트를 조금 변경하길 원했습니다."

"뭐? 이미 다 뽑았는데 난리 나지. 안 된다고 그래. 잘못하면 큰일 난다."

최 팀장은 팩스로 받은 서류를 김 대표에게 내밀었다. 서류를 받아 든 김 대표는 못 읽겠는지 금방 내려놓았다.

"뉴욕 공연에서 서른 명, 휴스턴 공연에 서른 명, LA 공연에 서른 명, 총 아흔 명을 뽑아달라고 합니다."

"뭐?"

김 대표는 놀란 얼굴로 최 팀장을 바라봤다.

"잘못 본 거 아니야? 한 번만 해도 비행기표 값으로 억은 나갈 텐데……."

"맞습니다. 직접 확인해 봤습니다. 일정은 뉴욕처럼 4박 5일이 될 예정입니다. 그리고 모든 경비는 MfB에서 지급한다고 약속했습니다."

"그래?"

김 대표는 다행이라고 생각하면서도 역시 MfB는 다르다고 생각했다. 그러다 문득 든 생각에 최 팀장을 쳐다봤다.

"뉴욕 갈 때 종락이가 가기로 했지?"

"네, 이 실장님이 그나마 익숙하니까요."

"바꿔. 종락이 LA로 바꾸자. LA에서 좀 지내봐서 더 편할 거야."

"그럼 뉴욕은… 어떻게 하시려고. 저는 애들 때문에 바빠서 안 됩니다."

"걱정하지 마."

옆에서 듣고 있던 김진주는 혹시 자신에게 가라고 하지 않을까 기대했다. 김 대표의 입에서 자신의 이름이 나오길 바랄 때 김 대표가 크게 웃었다.

"내가 가야지! 이번엔 누가 뭐래도 내가 가겠어!"

김진주가 키보드를 내려치기 시작했다.

"죽어! 죽어! 죽으라고!"

"뭐, 뭐야? 김진주 너, 나한테 그랬어?"

"아닌데요? 팬카페에서 누가 욕해서 그런 건데요. 죽어!"

"그래? 조금만 참아. 공지 새로 올리면 욕 좀 잦아들 거야. 하하하!"

김 대표가 기분이 좋은지 마구 웃었고, 최 팀장도 미소를 지으며 물었다.

"그럼 가이드 준비할까요? MfB에서 사람을 보낸다고는 했는데 저희도 준비를 하는 편이 좋을 거 같은데요."

"왜, 나 영어 못해서? 하하!"

"꼭 그런 이유는 아니지만……."

김 대표는 바로 알아채고 피식 웃으며 말했다.

"거기에 영어 공부하는 놈 하나 있잖아. 그 자식, 맨날 영어 하는데 그놈 부르면 될 거야. 그리고 MfB에서도 사람 하나 붙여준다고도 했으니까 걱정 말라고. 하하하!"

*　　　　*　　　　*

한국과 미국의 방송 환경은 확실히 달랐다. 모든 것이 방송국의 주도하에 체계적으로 진행되는 환경 속에서 자신을 보여줘야 하는 것이 한국인 반면, 미국은 약간 자유로웠다.

한국에도 관찰 예능이 있지만 그것과는 달랐다. 정해진 프로그램 안에서 그저 있는 그대로 보여주면 되었다.

그렇기에 윤후는 방송 활동을 하는 데 오히려 한국보다 적응이 빨랐다.

미국의 TV에는 따로 음악 방송이란 것이 없기에 토크쇼 위주였다. 그저 편안하게 자신을 보여주면 되었는데 나이트 토크쇼 방송이 나간 다음부터는 이상하리만치 인간관계에 대한 질문이 많았다.

하지만 윤후는 토크쇼가 내키지 않았다. 영혼에 대해 얘기할 수 없는 탓에 답을 할 때마다 왠지 속이는 기분이 들었던 것이다.

윤후의 그런 마음과 달리 방송이 하나씩 나올 때마다 대중들은 윤후에게 더욱더 열광했다.

그러다 보니 음악 차트에서 윤후의 노래는 떨어질 줄 모르고 계속 고공 행진 중이었고, 대부분 모든 곡이 빌보드 순위에 올랐다.

게다가 17주를 넘어 18주가 되는 오늘까지도 'Lon'은 1위 자리를 지키고 있었다.

그리고 아직 10위 안에 보이진 않지만 빌보드 첫 주 등장에 13위를 한 'Thank you'가 무서운 속도로 따라잡고 있었다.

독주.

말 그대로 혼자 달리고 있었고, 언론에서는 우스갯소리로 오로지 윤후만이 'Lon'을 잡을 수 있다는 말도 나왔다.

〈Lon, 과연 어디까지 계속될까?〉

〈Thank you, 과연 론의 기록을 깰 수 있을 것인가?〉

〈또 다른 기록 '안녕'의 신드롬. 'Wait'의 반란. 5위 안에서 14주간 유지〉

그저 루아의 노래에서 영감을 받아 론을 생각하며 만든 노래였건만, 이렇게 반응이 뜨거울 줄은 상상도 못 했다.

활동은 'Thank you'로 하고 있건만, 그 활동에 'Lon'도 함께 탄력을 받았다. 그리고 마지막 활동을 위해 방송 무대에 올라 있는 지금도 'Lon'의 인기를 실감하고 있었다.

이동식 무대가 아니라 무대가 따로 있는 세트장이었고, 무대에 올라 'Lon'의 반주를 듣던 윤후는 관객들을 바라봤다.

모두가 10대, 20대 정도로 보이는데 한국에서 보던 익숙한 눈빛들을 하고 있었다. 노래를 시작도 하기 전에 즐길 준비를 마친 듯 보였다. 약간 부담이 될 정도로 뜨거운 눈빛이었지만, 토크쇼에서 계속 인간관계에 묻는 통에 오히려 지금 이 자리가 훨씬 편하게 느껴졌다.

아니나 다를까, 윤후의 노래가 시작되자 소녀들이 미친 듯이 춤을 추기 시작했다.

정해진 춤이 아니라 스스로 흥에 맞는 각기 다른 춤이었다.

윤후마저 난동을 부리는 것처럼 보이는 소녀들의 춤에 당황할 정도였다.

어느새 론의 이름이 나오는 하이라이트였다.

론!

쿵!

론!

쿵!

무대가 흔들리는 것만 같았다. 관객들은 언제 각자 춤을 췄냐는 듯 론의 이름이 나오자 동시에 발을 굴렀다.

좀 과하게 발을 구르긴 했지만, 동시에 만들어내는 발 구르는 소리가 마치 드럼을 연상케 만들었다.

무대 위에서 그 장관을 본 윤후가 오히려 소녀들의 기세에 주춤거릴 정도였다. 방송을 하면 할수록 자신의 인기를 점점 실감하는 중이다.

소녀들의 난동과 함께 무대를 마친 윤후가 가볍게 손을 흔들며 다시 녹화를 위해 스튜디오로 향할 때, 무대 밑 관객 중 한 명이 노래를 부르기 시작했다.

어색한 발음으로 노래를 부르자 점점 번지기 시작하더니 스튜디오 전체에 울려 퍼졌다.

그 노래가 윤후의 발걸음을 멈추게 만들었다.

기억하리라. 당신의 모든 순간을 기억하고 또 기억하리라

예전 뉴욕에서 론들에게 공연했을 때 한 번 들어봤지만, 단체로 부르는 노래를 듣게 될 줄은 생각지 못했다.

한국 덥덥이들의 음원은 들어봤지만, 실제로 많은 사람이 부르는 광경은 처음 봐서 신기하기만 했다.

정작 한국 덥덥이들이 실제로 부르는 모습은 보지 못했는데 아마 이것보다 더하면 더하지 부족할 것 같진 않았다.

덥송을 부르는 팬들의 모습에 윤후는 발걸음을 돌려 다시 무대로 향했다.

무대 가운데에 자리한 윤후는 더 불러보라는 듯 마이크를 객석을 향해 돌렸다.

노래하리라. 당신이 들려준 천국의 노래를. 부르고 또 부르리라

객석 중간중간 모르는 사람도 있는 듯 보였지만, 대부분이 윤후를 찬양하듯 정성껏 노래를 불렀다.

노래가 끝나자 객석에서 미친 가축이라도 하듯 환호성을 질러댔다.

윤후는 가볍게 고개를 숙여 인사했다.

"잘 들었어요."

Chapter 2
공연 준비II

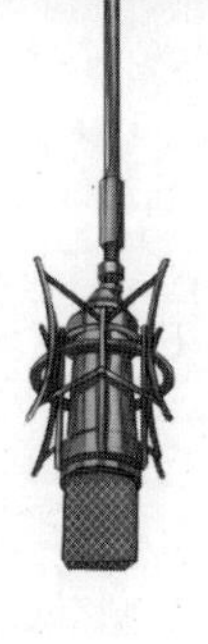

스튜디오로 자리를 옮긴 윤후는 무대에서 있었던 일 때문인지 인간관계에 대한 질문이 아닌 조금 전 팬들이 부른 노래에 대한 질문을 받았다.

“제목은 덥송이고요.”

“덤송?”

“아니요. 덥, 덥송.”

팬들에 대한 얘기까지 한참을 듣고서야 스튜디오에 있던 사람들은 이해했다.

“그러니까 후 씨가 작곡을 하고 팬들이 직접 가사를 붙이고 그 곡의 수익은 전부 기부를 한다 이 말씀이시죠?"

"네. 한국에서만요."

"와, 정말 대단하네요. 전 무슨 신곡인가 싶었는데… 저렇게 많은 사람들이 따라 하는 노래가 기부를 위해 만들었다고요? 무슨 사람이 이래? 천사야? 혹시 교황청에서 나왔어요?"

MC는 과장된 몸짓이 아닌 진심으로 놀랐는지 윤후에게 계속 질문했다.

사실 거기에 대해서 앤드류에게 듣기는 했지만 자세히 모르고 있던 윤후는 마땅한 답변도 없었거니와 실제로 대단하다고 생각지 않았다.

기부를 목적으로 만든 곡이 아니라 그저 팬들에게 느낀 고마움 때문에 만든 곡이다.

"가사가 무슨 뜻인가요?"

"흠……."

순간 당황했다. 자신에 대한 과한 칭찬이 담긴 곡을 자기 입으로 꺼내기가 어려웠다.

예전의 윤후였다면 그냥 있는 그대로 말했을 테지만 지금 윤후는 얼굴이 붉어진 채로 MC의 눈을 피하며 입을 열었다.

"그냥… 노래 부르는 모습을 기억하고… 노래를 따라 부르겠다는… 그런 노래예요."

"아, 그렇군요. 기억하리라? 맞나요?"

MC는 기억나는 대로 따라 부르며 윤후에게 확인했다. 윤후는 자신의 얼굴을 담고 있는 카메라를 확인하고는 역시 방송은 어렵다고 생각했다.

"그런 거… 같네요."

*　　　　*　　　　*

며칠 뒤, 차로 이동 중인 윤후는 앤드류가 건네준 자료를 봤다. 생각보다 활동이 짧았지만 그 효과는 내난했다.

LA의 라디오에 출연했더니 라디오 채널을 홍보하는 패널이 바뀌었다. 브루노마스의 사진으로 되어 있던 패널이 윤후로 바뀌었다. 그리고 TV도 마찬가지였다.

윤후가 나오는 회차가 프로그램의 평균 시청률을 높여놓았다. 게다가 대중들의 평도 상당히 우호적이었다.

—비슷비슷한 방송들이지만 각 프로그램마다 새로운 면을 보여주네요.

—SNL에 나오는 거 보고 싶다. 진지한 거 같은데 이상하게 웃김.

윤후는 있는 그대로 보여줬을 뿐인데 마치 자신이 여러 가지 모습을 보여준 것 같은 반응을 보였다. 앤드류가 추슬러서 보여준 것일 수도 있지만, 토크쇼라고 해서 나름 걱정했는데 잘한 것만 같아 스스로 뿌듯했다.

만족하며 태블릿 PC를 돌려주자 앤드류가 윤후를 보며 생뚱맞은 질문을 던졌다.

"식사는 어떻게 하실 예정입니까? 연습이 끝나고 집에서 하신다고 하면 따로 준비하겠습니다."

"괜찮아요. 그냥 아무거나 먹어요. 그런데 언제 오신대요?"

"다음 주에 오실 예정이라고 했습니다."

이진술은 미국에 온 김에 휴스턴에 가보려 했고, 윤후는 활동으로 바빠 함께할 수 없었다. 같이 가려고 했어도 불가능했을 테지만.

그렇기에 정훈과 은주가 윤후를 대신해 함께 휴스턴으로 향했다. 정훈도 미국에 와서 거의 아파트에만 머물렀기에 앤드류가 관광 겸 같이 다녀오라고 권했다.

아파트에는 활동을 마쳤음에도 윤후 혼자였고, 다른 사람의 빈자리는 앤드류가 채웠다.

"그냥 여기서 먹어요. 어차피 피자 같은 거 먹을 거 아니에요?"

"크흠. 네, 그러죠. 에델 양은 조셉 씨와 함께 오실 겁니다. 크흠."

앤드류는 머쓱한지 말을 돌렸고, 윤후는 그 모습에 피식 웃었다.

모든 면에서 완벽해 보이지만 앤드류에게도 구멍은 있었다. 요리 실력이 꽝인 탓에 대부분 피자로 때우거나 밖에서 해결해야 했다.

앤드류도 스스로 알고 있는지 머쓱해하고 있을 때, 윤후의 눈에 커다란 강당이 보였다.

그동안 방송 활동을 하느라 연습에 처음 참여하는 것이기에 이곳도 처음 방문하는 것이다.

"실내 체육관입니다. 공연 전에 확인하시겠지만, 후 씨가 오르실 무대 크기가 이 정도 될 예정입니다."

차에서 내린 윤후는 앤드류를 따라 걸었다. 체육관 입구에 자신의 경호원 같은 건장한 사람들이 보였고, 그들이 끝이 아니라 체육관 주변 곳곳에 퍼져 있는 사람들을 확인했다.

"보안 팀입니다. 공연은 보안이 생명이라 당연한 겁니다."

윤후는 고개를 끄덕이며 앤드류를 따라 체육관으로 들어섰다. 한쪽으로 농구 골대가 옮겨져 있고, 농구 코트 전체를 무대로 만든 모습이 눈에 들어왔다.

상당히 규모가 큰 모습에 윤후가 놀라고 있을 때, 현장을 지휘하던 MfB의 사람이 빠르게 다가왔다.

MfB에 방문했을 때 본 사람이었기에 윤후는 가볍게 인사를 하고 앤드류와 함께 따라갔다. 그러자 체육관 안에 있던 사람들의 시선이 전부 윤후에게 몰렸고, 무리 중에 한 사람씩 윤후에게 다가왔다.

"여긴 무대 설치를 책임지고 있는 타이슨입니다. 그리고 저긴 무대 연출 팀의 맥스, 음향 팀, 조명 팀……."

정말 많은 사람들을 소개받았다. 물론 윤후가 이름을 다 외울 리가 없었지만, 자신을 위해 일하는 사람들이기에 소개를 받을 때마다 인사를 건넸다.

그리고 윤후는 그들 뒤에서 자신을 보고 있는 사람들에게도 가볍게 고개를 숙여 일일이 인사했고, 인사를 받은 사람들은 TV를 봤는지 TV에서 보던 대로 인성이 제대로 됐다며 자신들끼리 윤후를 칭찬했다.

모든 소개를 받은 윤후는 무대 가운데에 서서 무대 설치를 맡은 타이슨의 설명을 들었다.

"여기 설계도를 보시면 지금 설치한 무대보다 최소한 두 배는 더 커집니다. 그리고 미국에서 있을 공연은 전부 실내 체육관이기에 상관이 없지만, 여기 보시면 베이징 같은 경우는 야외이기에 무대의 좌우와 앞뒤로 걸어 다닐 수 있도록 길을 만들 예정입니다."

타이슨은 설명을 하다 말고 뒤에 있는 사람들에게 신호를 보냈다. 그러자 무대에 설치되어 있던 LED 화면에 윤후가 공연할 장소에 설치될 무대가 보였다.

대부분 규모가 상당한 공연장에 가상이긴 해도 무대까지 설치된 모습을 보니 가슴이 두근거렸다.

저렇게 큰 공연장이 필요할까 싶을 정도였다.

윤후는 옆에 있는 앤드류를 보며 물었다.

"저렇게 넓은데 사람들이 그만큼 올까요?"

"후후, 걱정 마시죠. 오늘 밤 뉴욕 공연 티켓 예매가 시작되니 확인하시면 됩니다."

윤후는 그래도 의심쩍은 얼굴로 다이슨의 설명을 들었다.

한참이나 직접 무대를 걸어가며 동선을 확인해 보던 윤후는 나중에 전체적으로 리허설을 해야 하니 휴식을 취하라는 앤드류의 말에 무대에서 내려왔다.

윤후가 의자에 앉아 휴식을 취할 때, 굉장히 요란한 복장을 한 흑인 네 명이 체육관으로 들어섰다.

윤후의 뒤에 있던 경호원들이 살짝 움직이자 앤드류가 손을 저었다.

"뉴욕 공연에서 오프닝 무대를 열어줄 그룹입니다. 저희 MfB와 계약한 분들이고… 그런데… 이상한데……?"

윤후는 말을 하다 말고 고개를 갸웃거리는 앤드류를 쳐다봤지만, 앤드류는 여전히 걸어오는 네 사람을 보며 고개를 갸웃거렸다.

일일이 얼굴을 확인하더니 같은 MfB 소속의 에이전트에게 걸어가 조용하게 속삭였다.

"필, Dii가 네 명이었던가?"

"네? 세 명인데? 무슨 소릴… 어? 당신 누구야?"

앤드류의 말에 고개를 돌려 확인하던 MfB 직원이 깜짝 놀라며 한 사람을 가리켰다. 그러자 Dii 멤버들도 고개를 돌려 자신들 뒤에 있는 사람을 확인했다.

"왓 더! 하, 깜짝이야! 너 누구야?"

보안이 철저함에도 이상한 사람이 끼어들어 온 상황에 보안 팀은 물론이고 안에 있던 사람들의 시선이 한 사람에게 쏠렸다.

그러자 마치 Dii 멤버라도 되는 듯 요란한 옷차림의 흑인이 몸을 움츠리며 입을 열었다.

"뉴욕 공연에서 빈센트를 부르기로 한 사람인데요. 오늘부터 삼 일 동안 연습에 참여할 수 있느냐고 해서… 온 건데……."

그제야 체육관 안에 있던 사람들의 입에서 동시에 한숨이 나왔다. 윤후는 그 상황이 웃긴지 혼자 피식거리며 웃었다. 동영상으로 빈센트를 부르는 모습을 봤음에도 알지 못했다.

앤드류가 말을 해주지 않았다면 그저 Dii의 멤버 중 한 명으로 알았을 것이다.

성격상 그냥 넘어갈 리 없는 앤드류는 보안 팀의 책임자를 문책한 뒤에야 윤후에게 돌아와 사과했고, 윤후는 이제 익숙한지 그저 괜찮다고 말하는 것이 다였다.

Dii 멤버들이 연습할 준비를 하는 사이 윤후는 빈센트를 부른 흑인과 함께했다. 이미 Y튜브에 올라온 영상을 봤기에 어떤 노래인지 알고 있었다.

멜로디를 가미한 랩을 노래하는 영상으로 윤후가 직접 뽑았다. 조회 수도 높은 편이었는데 윤후 덕분에 더 올라갔다.

"많이 변해서 몰라봤어요. 선 후에요."

"네, 말릭 샤힌이에요. 팬이에요."

윤후는 미소를 지으며 인사했다. 그러고는 한껏 꾸민 외모와 달리 위축되어 있는 말릭에게 말을 건넸다.

"영상이랑 많이 달라져서 다들 못 알아본 거예요."

"후 덕분에 너무 유명해져서… 그냥 다니기 이상하더라고요."

마치 자신이 연예인이라도 된 듯 꾸민 이유를 알 것만 같았다. 윤후가 말을 붙여준 덕분에 편안해졌는지 얼굴이 약간 풀렸지만, 사람들이 바쁘게 오가며 윤후에게 말을 거는 탓에 더 이상의 대화는 없었다.

두리번거리던 말릭이 조심스럽게 입을 열었다.

"저… 연습은 언제……."

윤후에게 물었지만 대답은 옆에 있는 앤드류에게서 나왔다. 앤드류는 무대를 가리켰고, 무대를 보자 자신이 따라 들어온 Dii 멤버들이 무대에 올랐다.

"저 사람들이 끝나면 바로 하게 될 겁니다."

*　　　*　　　*

오프닝 무대를 맡은 Dii는 앞에 관객이라도 있는 듯 랩을 했고, 각자에게 주어진 역할을 제대로 소화하는 듯 보였다.

윤후와 비슷한 시기에 앨범을 냈지만, 성적은 그다지 좋지 않았다. 그렇지만 MfB에서 계약을 한 만큼 실력은 있었다.

지금 무대를 구경하는 스태프들의 모습만 봐도 충분히 느껴졌다. 오프닝 무대인 만큼 분위기를 업 시키는 데 적합한 노래였다.

윤후는 그동안 노래를 많이 듣지 못했다. 들었다 하더라도 시간상 음악 차트 순위에 있는 곡 위주로 들었기에 처음 듣는 곡이었다.

윤후는 무대에 집중했고, 앤드류는 그런 윤후를 바라봤다. 그런데 윤후가 좀 전에 타이슨이 건네준 자료 뒷면에 무언가를 적어가며 고개를 끄덕이고 있었다.

혹시나 마음에 들지 않는 건 아닐까 걱정하던 차에 무대가 끝났고, 앤드류는 곧바로 질문을 던졌다.

"어떠십니까?"

"괜찮네요."

오프닝 무대이기에 신경을 썼지만, Dii가 신인이라는 점 때문에 걱정하던 차에 잘한다는 아니더라도 괜찮다고 말하는 윤후의 모습에 다행이라고 생각했다.

"그런데 뭘 적으신 겁니까?"

"아, 이거요? 그냥 저분들 노래를 들으니까 한국에 있는 사람들이 생각나서요. 한국 공연할 때 같이 서기로 한 사람들이요."

"다즐링 말씀이십니까?"

윤후는 고개를 끄덕거렸다. 그러자 앤드류는 별일 아니라고 생각하며 웃어넘겼다.

무대를 마친 Dii 멤버들이 자신들의 무대가 만족스러웠는지 서로 주먹을 부딪치며 다가왔다. 윤후에게까지 주먹을 내밀었고, 윤후도 웃으면서 가볍게 주먹을 부딪쳤다.

그러고는 다짜고짜 휴대폰으로 사진을 찍자고 했지만, 장소가 비밀 유지에 신경을 쓰는 곳인 만큼 앤드류가 저지했다.

Dii도 앤드류에 대해 알고 있는지 군말 없이 어깨를 으쓱거리며 말했다.

"연습, 잠깐만 지켜보고 가도 되죠?"

"네. 다만 사진을 찍으시면 안 됩니다. 사전에 설명 듣고 서명도 하셨죠? 본인의 실수로 유출된다면 모든 책임은 Dii 본인에게 있습니다."

앤드류의 협박에 사진을 찍으려 한 휴대폰을 조심스럽게 주머니에 다시 넣는 모습이다.

윤후는 피식 웃으며 옆에서 쭈뼛대고 있는 말릭을 보더니 앤드류에게 말했다.

"빈센트부터 해요. 아니면 오래 기다려야 하잖아요."

"네, 그러시죠. 말릭 씨도 올라가시죠."

그러자 진행 팀이 다가와 말릭을 데려갔고, 앤드류가 윤후에게 조심스럽게 말했다.

"아마추어입니다. 그리고 연습이다 보니… 부족한 면이 있더라도 조금만 양해해 주시길 바랍니다. 저희가 따로 레슨을 해서 제대로 잡아줄 예정이니… 부탁드립니다."

앤드류는 혹시나 말릭 때문에 하루 종일 연습해야 할 수도 있었기에 미리 말했고, 다행히 윤후는 알아들은 듯 고개를 끄덕이며 진행 팀을 따라갔다.

윤후는 무대 진행 팀에게서 큐시트를 건네받고 무대에 올라 읽어봤다. 자신의 공연인 만큼 멘트도 스스로 해야 했는데 그것이 가장 큰 어려움이었다.

다행히 진행 팀에서 준비하긴 했지만 보고 읽는 윤후는 굉장히 어색했다.

"이번에 부를 곡은 '빈센트'입니다. 당연히 제 곡은 들어보셨을 테고요. 하하하! 세계 문화의 중심인 뉴욕이어서 그런지 정말 마음에 드는 분들이 많아서 뽑기가 어려웠어요. 그 많은 분들 중에서 제가 직접 선택한 분입니다. 말릭 샤힌."

굉장히 로봇 같은 소개 때문에 다들 침을 삼켰다.

노래는 기가 막힌데 어쩜 저렇게 소개에 아무런 감흥도 없고 높낮이도 없는 톤으로 말하는지, 게다가 농담을 하는 멘트에서의 웃음은 괴기할 정도였다.

말릭의 안내를 맡고 있던 진행 팀도 당황스러운지 멍했다. 옆에 있던 말릭이 올라가느냐고 묻고 나서야 정신을 차리며 말릭을 무대에 올렸다.

그리고 간단히 이어진 대화에서도 윤후의 멘트는 굉장히 어색했다.

"그럼 들어볼까요?"

그러자 진행 팀이 곧바로 건반을 가지고 들어왔다.

"실제 공연 시에는 그랜드피아노가 들어올 예정입니다."

윤후는 고개를 끄덕이며 건반에 자리했다. 기타가 더 편한 윤후였지만, 손에 들린 큐시트보다는 건반이 훨씬 나았다. 가볍게 두드려 보고는 말릭을 보며 말했다.

"준비됐어요?"

"Let's get it."

하나도 떨지 않는 말릭의 모습에 윤후는 미소를 짓으며 건반을 연주하기 시작했다.

그러자 빈센트 특유의 장난스럽지만 따뜻한 느낌의 음악이 들리기 시작했다. 다만 기존에 들리던 허밍이 없었고, 그 허밍을 말릭의 목소리가 대신했다.

이 노래를 듣기 전까진 낮보다 밤이 더 좋은 나였어

이미 들어봤음에도 실제로 들으니 부족한 면이 많이 보였다. 하지만 윤후의 마음에 드는 부분도 있었다.

랩에 멜로디를 쌓아서 만든 노래가 실수를 하긴 했어도 빈센트를 더 장난스럽게 들리게끔 만들었다.

딱 그 정도만 좋았다. 나머지 문제는 곡에 있었기에 다른 말을 할 필요가 없었다.

원래 '빈센트'는 연주곡에다 따로 하이라이트나 훅이 없었기에 빵 터지는 부분이 없었다. 그래서 윤후도 이 정도면 됐다고 생각했는지 말릭을 보며 고개를 끄덕였다.

다른 때와 다르게 단 한 번의 연습으로 무대를 마치고 내려왔다. 그러자 앤드류가 곧바로 윤후에게 질문을 던졌다.

"마음에 안 드십니까?"

"아니요. 괜찮아요. 한 번 박자를 놓친 것만 빼면 괜찮네요."

말릭도 윤후의 칭찬에 기분이 좋은지 가슴을 두드려 가며 자신감을 표출했다. 그리고 그때, 무대를 구경하던 Dii가 말릭에게 주먹을 내밀었다.

"잘하는데? 목소리도 좋고. 괜찮은 무대였어."

화려하게 차려입은 말릭 때문에 처음에 느낀 것처럼 마치 한 팀으로 보였다. 윤후가 피식 웃으며 자리에 앉으려는데 아까 자신이 적은 것들이 눈에 들어왔다.

Dii가 잘한다고 하지 않고 괜찮다고 평가한 이유가 Hook이 좀 약하게 들려서다. 그렇기에 다즐링을 떠올린 것이다. 그중에서도 비트에 멜로디를 쌓는 네오를 떠올렸는데 네오 같은 역할을 하는 사람이 바로 옆에 있었다.

그것도 마치 한 팀처럼 보이는 사람이다.

Dii의 훅은 분명 파괴력이 있을 만큼 괜찮았기에 말릭이라면 훨씬 돋보이게 만들 것이다. 비트에 멜로디를 쌓아 더 집중하게 만들고 기를 모아주는 역할의 적임자로 보였다.

하지만 자신이 만든 비트도 아니거니와 물어보지도 않는데 먼저 말할 수는 없었다. 그저 네 사람을 바라봤다.

"너 마음에 든다. 우리가 다니던 클럽에 소개해 줄게. 공연해 볼래? 우리는 이제 MfB하고 계약해서 거기에 못 서거든.

그런데 거기서 아직도 공연 팀을 구하고 있더라고."

"정말?"

"그래. 따로 비트 만든 거 있어? 데모 테이프 있지? 일단 들려줘야 해서."

"아니… 그런 건 없는데……."

당연히 음악을 전문적으로 하는 사람이라고 생각한 Dii 멤버들은 말릭이 그렇지 않다는 것을 알고는 분위기가 약간 어색해졌다.

하지만 말릭은 그저 연예인이라는 사람들과 함께 있는 것이 좋은지 연신 미소를 짓고 있어 분위기는 금방 풀렸다.

"하하, 뭐… 그런데 우리 노래는 어때?"

"좋더라. 멋있었어."

서로 마음에 맞는 말을 할 때마다 피스트 범프를 하고 있었고, 윤후는 Dii 멤버들이 부른 비트를 떠올리며 종이 위에 랩 분배를 다시 해보고 있었다.

그때, 무대에서 다음 준비가 되었다는 말과 함께 윤후를 불렀다.

윤후는 종이를 의자에 두고 무대로 향했다.

한편, 무대 밑에 있던 앤드류는 윤후가 놓고 간 종이를 쳐다봤다. 자신이 봐도 되는지 보면 안 되는지 고민에 휩싸였다.

윤후를 알기 전이라면 관심도 갖지 않았을 테지만 지금 윤후는 잠깐 끄적거린 것만으로도 큰 문제가 될 수 있었기에 확인차 종이를 들어 올렸다.

종이에는 알 수 없는 한국어로 된 같은 단어가 반복되어 쓰여 있었다. 앤드류는 고민스러운 얼굴로 윤후의 무대를 지켜봤다.

윤후는 '스마일'을 연주하며 직접 노래를 부른 뒤 무대에서 내려왔다. 그리고 내려오자 다시 Dii 멤버들과 주먹을 부딪쳐야 했다.

"내가 노래보다 랩을 좋아하지만 후는 인정."

윤후는 다시 자신이 앉아 있던 의자에 앉았다. 그러자 앤드류가 조심스럽게 종이를 내밀며 물었다.

"혹시 문제 될 게 있을지 몰라 제가 챙겨놨습니다."

"네? 그런 거 없어요."

"그럼… 뭘 쓰신 건지 여쭤봐도 되겠습니까?"

"아, 흠……."

윤후는 잠시 고민하더니 Dii와 말릭을 힐끔 보고 나서 앤드류에게 조용하게 말했다.

"저기 네 사람이 같이 불렀으면 더 좋을 거 같아서요. 그거 적어놓은 거예요."

앤드류도 윤후가 속삭여서인지 자신도 허리를 굽혀가며 윤후와 얼굴을 가까이하고 마찬가지로 속삭이듯 말했다.

"저 네 사람이 빈센트를 같이 말입니까? 이미 말릭의 영상에 광고를 내보내서 그건 곤란합니다."

"아니요. '빈센트' 말고요. Dii가 부른 곡이요. 'Don't do that'이요."

앤드류는 허리를 굽힌 채 고개를 갸웃거렸다. 그러자 윤후가 종이를 펼치고 손가락으로 찍어가며 설명했다.

"다 그대로 가는데 16마디 정도만 늘리면 돼요. 사실 늘어진다고 느낄 수 있는데 말릭이 어떻게 멜로디를 만드느냐에 따라 변할 거예요. '빈센트'에서 부른 것처럼만 해도 Dii 노래가 많이 변할 거예요."

앤드류는 윤후의 입에서 음악에 관련된 얘기가 나오면 무조건적으로 신뢰하기에 윤후가 적어놓은 글씨 위에 다시 영어로 이름을 적어놓았다.

아프로 머리—프레드, 빡빡—그레이슨, 선글라스—잭슨.

말릭은 이름을 알기에 한글로 말릭이라는 말을 들었다. 그리고 앤드류는 네 사람을 유심히 쳐다봤다.

Dii 멤버들은 뉴욕의 클럽에서 어느 정도 인지도가 있었고, 윤후와 마찬가지로 자신들의 비트를 직접 만들었다.

회사에서도 어느 정도 기대하고 있었지만, 윤후가 너무 뜨는 바람에 묻혀 버린 케이스였다.

그런 Dii를 보던 앤드류는 궁금했다. 윤후의 말대로 하면 어떻게 변하게 될지. 하지만 앤드류로서도 말을 꺼내긴 어려웠다. 자칫하면 뮤지션의 자존심을 건드릴 수 있는 일이었다.

그때, 갑자기 Dii 노래의 비트가 들렸다. 고개를 돌리니 리듬을 타며 말릭을 가리키고 있었다.

말릭도 마치 같은 멤버처럼 몸을 들썩이고 있었고, 잠시 생각하더니 비트 위에 노래를 부르기 시작했다.

도대체 나더러 뭘 하라는 건데. 이것도 저것도 하지 말라고 말해

앤드류는 생각보다 자연스럽게 들리는 노래를 듣다 말고 윤후의 반응이 궁금해 보니 미소를 짓고 있었다. 게다가 윤후뿐만이 아니라 노래의 주인인 Dii 멤버들도 마찬가지였는지, 주먹을 부딪치며 이번엔 포옹까지 했다.

"오, 좋다. 우리 노래랑 잘 어울려. 너, 잘하는데? 앨범 발표만 안 됐어도 같이 부르자고 했을 텐데."

그 모습을 보던 앤드류가 Dii를 맡고 있는 에이전트를 불렀다. 그러고는 윤후의 말을 옮겨 적은 종이를 내밀며 말했다.

"이게 뭡니까?"

"보여주면 알 거야. 싫다면 어쩔 수 없지만, 이렇게 해보라고 해."

종이를 건네받은 에이전트는 고개를 갸웃거리며 곧장 Dii 멤버들에게 향했다. 종이를 건네받은 Dii 멤버들이 서로를 보며 의논하기 시작했다.

"괜찮지 않아? 2 벌스 끝나고 곧바로 훅에 참여하는 부담도 사라지고."

"나도 괜찮아 보여. 쓸데없는 일이긴 한데 재밌을 거 같긴 하네. 흐흐."

"그런데 어떻게 해? 말릭, 오늘 시간 돼?"

서로 긍정적인 대화를 할 때, 윤후가 자리에서 일어서더니 무대 설치를 담당하는 사람에게 물었다.

"신시사이저 있죠? 잠깐만 써도 될까요?"

Dii 멤버들은 서로 얘기를 나누느라 윤후에게 관심이 없었고, 오로지 앤드류만이 윤후를 주의 깊게 지켜봤다.

그리고 먼저 나서서 설치 팀에게 윤후가 원하는 대로 준비해 달라고 했다.

설치 팀은 신시사이저를 설치했고, 곧바로 윤후가 무대로 올라갔다.

Dii의 노래는 전자악기가 많이 섞인 더리사우스 힙합 곡이었기에 신시로 만지기에 적당했다.

윤후는 내장 악기에서 드럼 소리까지 세팅하기 시작했다. 그러고는 하이햇부터 킥까지 따로 저장하고 이펙터까지 걸어 가며 자신의 연주를 확인했다.

그때까지만 해도 체육관 안의 사람들은 그저 윤후가 자신의 무대를 준비한다고 생각했다. 그런데 멜로디를 찍는 소리에 Dii 멤버들의 고개가 무대로 향했다.

서로를 보며 고개를 갸웃거리고 있는 지금도 자신들 노래의 멜로디가 들려왔다.

그러더니 윤후가 잠시 이펙터를 만지고 고개를 끄덕였다. 그런 윤후가 Dii 멤버와 말릭을 보며 말했다.

"노래 불러볼 거면 해봐요. 여기 신시에 내장된 악기가 좀 부족해서 비슷하게 찍어놨어요. 한번 들어봐요."

잠깐 신시사이저를 만지더니 비트를 찍었다는 말에 의아했지만 좀 전에 들은 멜로디는 완벽했다.

귀를 기울인 멤버들은 음악이 들리자 입을 쩍 벌리며 윤후를 바라봤다. 마치 스튜디오에서 만진 것처럼 완벽하게 들렸다. 도대체 뭐가 부족하다고 말하는 건지 모를 정도였다. 그냥 자신들의 MR을 튼 것은 아닐까 하는 생각이 들 정도였기에 놀란 얼굴로 음악을 들었다.

그런데 벌스가 넘어가 훅이 나와야 할 부분에도 같은 비트가 이어졌다. 그때, 무대에 있던 윤후가 말했다.

"말릭 부분."

그제야 이해를 한 멤버들은 여전히 놀란 얼굴로 고개를 끄덕였고, 윤후는 훅이 넘어가는 부분에서는 직접 연주를 더해 원곡과 최대한 비슷하게 연주했다. 연주가 끝나고 나서야 멤버들은 혀를 내밀었다.

언론에서 하도 윤후의 이름이 나오기에 대단하다고는 생각했는데 막상 실제로 보니 대단한 정도가 아니었다.

자신들이 위축될 정도였다. 그때, 윤후의 목소리가 들렸다.

"해봐요."

"네, 알겠습니다!"

큰 목소리로 대답하고 곧장 무대로 올랐고, 앤드류는 갑자기 변한 Dii 멤버들의 모습에 웃고 말았다.

"말릭 씨는 좀 전에 부른 대로 부르면 될 거 같아요. 가사는 신경 쓰지 말고 16마디만 채워봐요."

그러고는 곧장 다시 저장해 놓은 음악을 틀었다. 그러자 Dii 멤버들이 원래 자신들이 하던 대로 랩을 하기 시작했다.

윤후의 눈치를 보느라 처음에 느끼던 자유분방한 느낌이 죽어 있었다. 이어진 사람도 마찬가지였다.

지켜보던 윤후의 미간이 찡그려질 때, 말릭의 차례가 돌아왔다.

도대체 나더러 뭘 하라는 건데. 이것도 저것도 하지 말라고 말해

Don't do that. 너나 나한테 말하지 마. Don't do that

오히려 멤버들보다 긴장하지 않고 자연스러운 모습에 윤후도 약간 놀랐다. 말릭 덕분인지 Dii 멤버들도 안정을 찾아갔고, 말릭의 벌스가 끝나자 곧바로 훅을 뱉기 시작했다.

멤버들도 스스로 느꼈다.

말릭의 참여로 확실히 노래가 더 살아났다.

부르는 자신들도 묘한 흥분감이 들 정도였고, 무대 밑에서 지켜보던 사람들도 어깨를 들썩였다.

흥이 난 멤버들은 긴장감이 모두 풀리자 날뛰기 시작했다.

Don't do that!

노래를 마친 Dii는 윤후에게 주먹을 내밀려다가 왠지 어렵게 느껴져 손을 도로 넣었지만, 말릭만은 윤후에게 다가가 주먹을 내밀었다.

윤후는 미소를 지으며 주먹을 부딪쳐 주었다. 그러자 무대를 내려오는 Dii 멤버들이 말릭에게 물었다.

"넌 긴장 안 돼? 저 사람, 내가 봤을 땐 신이야. 음악의 신."

"그래? 원래 노래 잘하는 걸로 유명하잖아. 그러니까 빌보드 1위지."

"아니, 조금 전에 우리 노래랑 똑같이 순식간에 비트를 찍어낸 거 못 봤어?"

"그게 대단한 거야?"

답답한지 이마를 부여잡는 멤버들이었고, 그 모습을 지켜보던 앤드류는 피식 웃어버렸다. 자신도 말릭이 꽤 강심장이라고 생각했는데 그게 아니었다. 아는 만큼 보이는 법이었다.

* * *

연습을 마치고 집으로 돌아온 윤후는 거실에서 앤드류와 대화 중이다. 언제나 일 얘기뿐인 대화였지만 윤후는 지루해하지 않았다. 그러던 중 늦은 밤임에도 불구하고 앤드류의 전화가 울렸다. 통화 중에도 앤드류는 고개를 끄덕거리며 대답한 뒤에야 전화를 끊었다.

"Dii가 생각해 본다고 했습니다. 지금 말릭과 함께 작업실에서 다른 곡들도 잘 어울리는지 평가해 보고 있는 모양입니다. 전해 들은 얘기지만 상당히 긍정적인 모양입니다."

"넷이 잘 어울려 보여요."

"저도 그렇게 생각합니다. 그렇게 되면 Dii가 넷이 되겠네요."

"그럼 이제 아마추어가 아니네요?"

앤드류는 대답하기 어려운지 헛기침을 했다. 그러고는 오늘 한 공연 연습에 대한 얘기를 했다. 부족한 것은 없는지, 연습을 하다 추가했으면 하는 부분이 있는지 한참 동안 대화가 이뤄졌다.

그러던 중 앤드류의 휴대폰이 다시 울렸고, 시간을 확인한 앤드류는 곧바로 노트북을 펼쳤다.

"이제 뉴욕 공연 티켓 판매가 시작될 겁니다. 현장 판매 없이 전부 온라인 판매로 이뤄집니다."

윤후도 사진으로 커다란 공연장을 봤기에 사람들이 많이 올지 궁금했다. 앤드류의 옆으로 자리를 옮겨 노트북 화면을 봤다.

"이상하네요."

노트북 화면을 보던 앤드류는 다른 인터넷 사이트에도 접속해 보더니 고개를 갸웃거렸다. 회사와 계약한 티켓 판매를 전문으로 하는 업체에 위탁했기에 잘못될 일이 없었다.

꽤 오래됐고 경험도 많은 회사였기에 동시에 많은 접속자가 몰리더라도 소화해 낼 수 있었는데 사이트에 접속할 수 없다는 말만 나올 뿐이었다.

앤드류는 설마 하는 생각으로 고개를 돌려 윤후를 봤다.

"왜요? 뭐가 잘못됐나요?"

"크흠, 아닙니다. 지금 바로 확인해 보겠습니다."

앤드류는 곧장 팀원에게 전화를 걸었다. 자정이 넘었지만 아직도 업무를 보는 사람이 있었는지 곧바로 연결되었고, 앤드류는 티켓 판매에 대해 묻기 시작했다.

답변을 들은 앤드류는 헛웃음을 뱉으며 윤후를 바라봤다.

"매진이랍니다."

"벌써요?"

"네, VIP석부터 총 2만 석이 3초 만에 매진되었습니다. 축하드립니다."

윤후는 사실 직접 눈으로 확인을 못 했기에 얼마나 대단한 일인지 실감이 안 됐다. 그저 밝은 얼굴로 자신을 보고 있는 앤드류를 통해 대단한 일이라는 것을 느낄 뿐이었다.

*　　　　　*　　　　　*

다음 날, 윤후의 투어에 대한 기사가 쏟아졌다. 3초 만에 매진되었다는 소식과 함께 혹시 취소되는 표가 나올까 봐 사람들이 계속 몰린 탓에 티켓 판매 사이트가 마비되었다는 소식이었다.

미국에서의 공연은 아직 두 번이 남아 있었다. 하지만 이번 공연은 첫 공연인 데다 남은 두 번의 공연은 거리가 먼 탓에 이번 공연의 티켓을 구매한다는 사람들이 상당히 많았다. 그 가격은 놀라울 정도였다. 연습을 위해 체육관에 온 윤후는 기사를 확인하고는 앤드류에게 물었다.

"제 공연 티켓 가격이 얼마예요?"

"저번에 말씀드렸습니다."

"여기서 말하는 거랑 많이 달라서요."

그러자 앤드류가 좌석 배치도를 들고 오더니 윤후에게 설명해 주었다.

"무대 바로 밑 4 구역이 VIP석입니다. 그중 가운데 구역이 280달러입니다. 약속한 대로 그 구역은 한국에서 온 팬들이 자리할 겁니다. 원래 객석이던 곳은 130달러, 뒤쪽은 105달러로 최하 가격입니다."

구역에 따라 매우 세분화된 가격에 윤후는 그럴 필요가 있나 싶었다. 게다가 너무 비싸다고 생각했다.

"280달러면… 홈 스튜디오 패키지 가격이네요."

앤드류는 여전히 금전적인 면에서 허술한 윤후의 모습에 피식 웃었다.

"아마 티켓이 천 달러라도 산다는 사람이 많을 겁니다."

윤후는 티켓 가격을 듣고 나자 약간 부담되었다.

그동안 TV 공연 외에는 팬미팅 공연이 전부였다. 그것도 티켓을 판매하지 않고 전부 무료 공연이었다. 자신의 공연에 가격이 매겨지자 약간 부담스럽기도 하면서 스스로를 돌아보게 만들었다.

"말릭 씨는 언제 와요?"

앤드류가 윤후의 질문에 섬뜩한 느낌을 받고 대답하려 할 때 어제와 마찬가지로 Dii 멤버들과 함께 체육관으로 들어서고 있었다. 그것도 새하얀 이까지 보이며 손을 흔들면서 다가왔다.

윤후의 기운을 느끼지 못하는지 오자마자 주먹부터 내밀었다. 윤후도 웃으며 주먹을 부딪쳐 주자 말릭이 신나서 입을 열었다.

"후 덕분에 Dii 멤버 영입 제의를 받았어요. 이따가 연습 끝나면 계약하기로 했어요."

"벌써요? 빠르네요."

"흐흐, 혹시 없던 일로 하자고 무를 수도 있으니까 빨리 해야죠. 하하! 아마 콘서트 끝나면 'Don't do that' 재발매할 거 같아요. 고마워요."

윤후는 잘되었다는 듯 미소를 지었다. 그러고는 곧장 Dii 멤버들을 보며 말했다.

"오프닝부터 차례대로 연습해 보려고 하는데 부탁드려요."

그러자 자신들끼리 떠들고 있던 Dii는 어제와 다르게 약간 빡빡한 느낌을 받았는지 서둘러 준비하고 곧장 무대에 올랐다.

"말릭 씨는 왜 안 올라가요?"

"나도요? 에이, 난 콘서트 끝나고 합류한다고 말했잖아요."

같은 음악이라도 더 좋은 버전이 있는데 윤후가 떨어지는 버전을 선택할 리 없었다. 그런 윤후를 알고 있는 앤드류는 윤후가 말하기 전에 무대로 올라갔다. 그러고는 Dii 멤버들에게 뭐라고 얘기한 뒤 다시 내려와 말릭에게 말했다.

"올라가시죠. 오늘부터 Dii 멤버십니다. 앨범은 제가 책임지고 후 씨의 콘서트에 맞춰 재발매 되도록 하겠습니다."

"그럼 제가 오프닝 무대에도 서고 '빈센트'도 부른다고요?"

"네. 가능하십니까?"

"물론이죠! 와우! 감사합니다!"

말릭은 자신이 인정받았다고 느끼며 감격한 얼굴로 감사 인사를 하고 곧바로 무대로 뛰어올랐다.

Dii 멤버들도 어제 작업실에서 많이 맞춰봤기에 말릭과 같이 작업한다면 훨씬 좋은 음악을 할 수 있을 거라는 생각이 들어 만족스러운 얼굴이었다.

곧바로 'Don't do that'의 MR이 들려왔다. 몇 번 맞춰봤지만 아직 완벽하지 않았기에 서로를 배려해 가며 노래를 불렀고, 노래가 끝나자 만족한 얼굴로 서로를 봤다.

무대를 내려오려 할 때 윤후의 목소리가 들렸다.

"그럼 연습해 봤으니까 제대로 다시 해봐요."

그 말에 몸을 떤 건 오로지 앤드류뿐이었다. 앤드류는 곧바로 현장에 있는 사람들에게 무언가를 부탁하고 돌아왔다.

그리고 다시라는 말이 갖는 의미를 모르는 Dii 멤버들은 아무렇지도 않게 고개를 끄덕이며 손가락으로 OK 사인을 그렸고, 곧바로 다시 MR이 나왔다.

그런데 말릭의 부분이 나오기도 전에 윤후가 손을 저으며 MR을 중지시켰다.

"선글라스 끼신 분, 원래대로 계속 힘이 들어가게 부르면 안 돼요. 맨 마지막 마디인 'That'만 원래보다 약하게, 그리고 길게 끌어주세요. 그리고 말릭은 음이 끝나기 전에 곧바로 들어오면 됩니다."

연습하는 공연장에서도 프로듀싱을 보는 것처럼 말하는 윤후였다. 하지만 랩에 대해서 자부심이 있는 Dii 멤버들이었기에 기분이 상한 듯했다.

그렇지만 어제 본 윤후의 음악적 감각 때문에 일단 수긍하며 윤후가 알려주는 대로 했다.

계속해서 이어진 윤후의 지적에 겨우 노래가 끝났지만 결국 폭발해 버렸다.

"왓 더 퍽! 네가 직접 하지 그래?"

처음 지적을 받은 선글라스를 낀 잭슨이 결국 참지 못하고 중지를 들어 올렸다. 그러고는 마이크마저 집어 던지고 무대에서 내려왔다. 밖으로 나가려는 잭슨을 말리려고 사람들이 달라붙었고, Dii 멤버들도 잭슨을 따라 무대에서 내려왔다.

그 모습에 윤후는 엄청 당황스러워했다. 그저 좀 더 좋은 음악이 나오게 만들고 싶은 생각뿐이었는데 일이 이렇게 될 줄은 몰랐다.

돈을 내고 온 관객에게 좀 더 좋은 공연을 보여주고 싶다는 생각 때문에 다른 사람에게 피해를 줬다는 생각이 들었다.

윤후가 사람들을 뿌리치고 있는 잭슨을 미안한 얼굴로 바라보며 그곳으로 향하려 했다.

"가만 계시죠."

그때 앤드류가 윤후의 어깨에 손을 올렸다. 그러고는 자신이 아까 뭐라고 말한 사람들에게 다가가더니 다시 무언가를 부탁하고 잭슨에게 다가갔다.

"잠깐 얘기 좀 하시죠."

"뭘 얘기해요?"

"지금 나가시면 같은 회사라 하더라도 계약에 대해 문제 삼을 수밖에 없습니다. 일단 저기 좀 보고 생각하시죠."

불난 집에 부채질하듯 앤드류의 말에 더 화가 난 잭슨은 당장에라도 앤드류의 멱살을 잡으려 했다.

그때, 무대에 설치되어 있던 커다란 LED 화면에 조금 전 Dii 멤버들이 부른 'Don't do that'의 영상이 나오기 시작했다.

체육관이 울릴 정도로 크게 들렸기에 앤드류의 멱살을 잡으려던 잭슨은 LED 화면으로 고개를 돌렸다.

"지금 이것이 처음에 부른 당신들 노래입니다."

노래가 끝나자 앤드류는 자신을 보고 있는 사람을 보며 고개를 끄덕였다. 그러자 또다시 LED 화면에 Dii 멤버가 나왔다.

"지금 건 마지막에 부른 모습을 촬영한 겁니다."

그 모습을 보고 있던 잭슨을 비롯한 Dii 멤버들이 얼굴을 씰룩거렸다. 비록 지금 화가 나 있지만 두 영상 속 자신들의 모습은 비교가 안 될 정도로 엄청난 차이가 있었다.

이미 발매한 앨범에서조차 느끼지 못한 것이었다. 힘을 빼라고 한 부분에서는 힘을 뺐지만 오히려 뒷부분 때문인지 더욱 신나게 들렸고, 모두가 같이 부르는 훅에서는 이게 자신들의 노래가 맞나 싶을 정도였다.

화면을 보며 아무런 말도 하지 못하고 있을 때, 앤드류가 말했다.

"어떻게 하시겠습니까? 계속하시겠습니까, 아니면 이대로 나가시겠습니까?"

잭슨은 얼굴이 굳어진 채 대답을 하지 못했고, 잭슨의 눈치를 보느라 남은 두 사람은 서로의 얼굴만 바라보고 있었다.

그때, 뒤쪽에서 이곳의 모습을 지켜보던 윤후가 다가왔다.

앤드류는 혹시나 모를 상황에 곧바로 경호원들에게 손짓했고, 윤후가 다가오는 걸 본 잭슨의 얼굴이 더욱 구겨졌다.

확실히 비교할 수 없도록 좋았지만, 이미 저질러 놓은 일이 있었기에 매우 곤란한 상태였다. 그때 윤후가 앞으로 다가왔다.

"죄송합니다."

허리까지 숙이고 하는 말에 잭슨을 비롯해 함께 있던 사람들은 모두가 당황했다. 동양인의 인사라는 것은 알았다.

그렇기에 차라리 욕을 했으면 마음이 편했을 텐데 사과를 받으니 더욱 곤란했다.

"더 좋게 만들고 싶었는데 제 곡이 아니었네요. 처음 하는 공연이라서 잘하고 싶은 마음이 컸어요. 죄송합니다."

경호원들이 다가왔지만 앤드류가 됐다며 손을 들어 제지했다. 그리고 윤후의 솔직한 사과를 받은 잭슨은 어찌해야 할 줄 몰랐다.

비록 윤후 때문에 벌어진 일이라고 해도 욕은 자신이 먼저 했고, 지켜보고 있는 사람들이 많았기에 곧바로 화해하기에도 어색했다.

어정쩡하게 서 있을 때 뒤에서 주먹 하나가 튀어나왔다.

뒤를 돌아보니 어제 처음 본 말릭이 하얀 이를 보이며 자신과 윤후 사이에 주먹을 내밀었다.

말릭의 주먹에 윤후는 미소를 지으며 주먹을 맞대었다. 그러자 잭슨도 고개를 돌린 채 못 이긴 척 주먹을 부딪쳤다.

"나 첫 공연인데 잘해보자고. 같은 멤버인데 너희가 도와줘야지. 솔직히 조금 전 영상 봤잖아? 눈에 보이게 차이가 나던데. 안 그래?"

"그래··· 뭐······."

윤후의 공연을 자신의 공연이라 생각하는 말릭이었고, 잭슨은 말을 하다 말고 자신을 보며 웃고 있는 말릭에게 물었다.

"그런데 너, 오늘부터 우리 멤버 아니야?"

"맞아."

"근데 뭐 이렇게 자연스러워?"

* * *

클럽에서 공연할 때도 이 정도로 많은 연습을 해본 적이 없는 Dii 멤버들은 자신들의 차례가 끝났음에도 체육관에 남아 연습하는 윤후를 지켜봤다.

멤버들은 윤후의 노래에 혀를 내두를 수밖에 없었다.

"기계야? 이거 AR 틀어놓은 거 아니지?"

"아닐걸. 노래하다 말고 말도 하잖아."

윤후도 연습을 멈출 때가 있었는데 자신의 실수가 아닌 음향에 대한 지적 때문이었다.

게다가 여태껏 한 번도 실수를 하지 않는 윤후의 모습에 Dii는 아까 자신들이 한 행동이 부끄러워질 지경이었다.

스스로에게도 저렇게 완벽한데 자신들이 한 노래가 얼마나 부족하게 들렸을지 상상이 갔다.

그런데 그것도 모르고 중지까지 들어 올렸다.

"우리도… 잘하자. 혹시 알아? 오프닝 무대 서고 우리도 빵 뜰지."

"뜰 수도 있겠지. 그런데 잭슨 네가 빽큐 날린 거 소문나면 우린 곧바로 매장당하겠지."

"…닥쳐. 사과했잖아."

멤버들은 잭슨을 놀려대며 웃었다. 그래도 그들의 얼굴에는 처음과는 다르게 책임감이 보였다.

윤후의 진실된 사과와 지금 무대에 있는 윤후의 노래 덕분에 어느새 자신들의 무대라는 생각을 하고 있었다.

그런 셋과 달리 말릭은 그저 윤후의 노래에 빠져 있었고, 윤후의 팬답게 노래가 끝나면 일어서서 박수까지 보냈다. 그때 윤후가 말릭을 불렀다.

"바로 '빈센트' 연습해요."

말릭이 무대에 오르자 윤후가 시작하기 전 말릭을 보며 물었다.

"이제 Dii 멤버죠?"

"하하, 그렇죠. 이제 엄연히 연예인이네요. 하하!"

윤후는 고개를 끄덕였다. 음악 감독 아저씨와 함께 만든 곡이기는 해도 자신의 곡이었기에 좀 더 편안한 마음이다. 그리고 말릭도 더 이상 아마추어가 아니었다.

"그럼 시작할까요?"

"렛츠 기릿!"

*　　　*　　　*

몇 주 뒤 인천공항. 출국을 앞둔 사람들 중 유난히 눈에 띄는 무리가 보였다. 파스텔 그린 색깔로 된 똑같은 수건을 가방이나 목, 또는 손목 등에 모두 하나씩 들고 있었다.

그리고 그들의 모습을 기자들이 취재하고 있었다. 지상파 뉴스에서까지 나와 촬영하고 있었고, 공항에 있는 서른 명의 소녀들은 각종 매체와 인터뷰를 하느라 정신이 없었다.

그중 제일 열심히 인터뷰 중인 사람은 다름 아닌 김 대표였다.

"후 씨의 공연에 한국의 팬들을 직접 초청했다고 들었습니다."

"하하하, 물론이죠. 저희 라온 엔터테인먼트에 있을 때 한 약속입니다. MfB와 후도 그렇지만 저희도 약속을 잘 지키는 걸로 유명하죠. 하하하!"

주변에 있는 사람들이 쳐다볼 정도의 큰 웃음소리였다.

"비용이 만만치 않으리라 생각됩니다. 그런데 전부 후 씨가 부담하는 걸로 알고 있습니다. 사실입니까?"

"그건 MfB에서 맡았기 때문에 잘 모르지만, 후가 팬들을 끔찍이 아낀다는 사실은 알고 있습니다. 하하하!"

사기꾼답게 윤후에게 피해가 갈 수도 있는 질문은 요리조리 잘 피해가고 있었다. 취재하러 온 기자들이 상당했기에 굉장히 바쁘게 인터뷰를 할 때, 최 팀장이 탑승해야 한다며 인원을 관리하기 시작했다. 취재진을 물리치고 나서야 함께 떠날 덥덥이들의 숫자를 파악한 최 팀장은 김 대표에게 인사를 건넸다.

"잘 다녀오시죠. 도착하면 MfB에서 사람이 나와 있겠다고 했습니다. 물론 대식이도요."

"그래. 하하! 대식이 놈, 영어 얼마나 늘었는지 궁금해 죽겠다. 잘 다녀올게. 회사 잘 지키고. 하하!"

Chapter 3

투어 공연

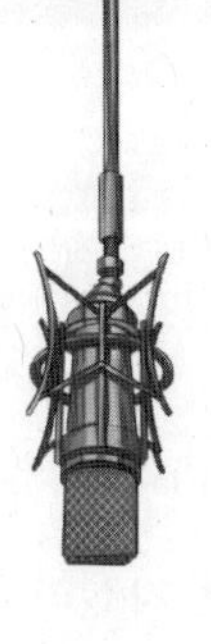

뉴욕 매디슨 스퀘어 가든의 객석을 서성이던 윤후는 준비가 끝난 무대를 바라봤다.

그 무대를 중심으로 세 갈래로 길이 나 있었고, 무대 바로 밑이 앤드류가 말한 VIP석이었다.

그리고 남은 한쪽 면은 커다란 LED 화면이 설치되어 있었고, 지금 윤후가 있는 곳에도 무대가 잘 보이진 않지만 화면으로 볼 수 있게끔 LED 화면이 설치되어 있었다.

실제로 보니 무대가 얼마나 큰지 몸으로 느껴졌다. 체육관에 설치한 무대는 무대의 가운데만 구현해 놓은 것이었다.

"내일부터 이틀 동안 이곳에서 최종 리허설을 하시게 됩니다."

윤후는 고개를 끄덕이며 연신 객석에서 무대가 잘 보이는지 살폈다. 보통 가수들은 자신의 무대에 신경 쓰지 객석까지 직접 신경 쓰지 않았다.

하지만 윤후는 일일이 제일 먼 객석까지 자리를 옮겨가며 확인했다. 그 모습에 앤드류는 미소를 지으며 묵묵히 따라붙었다.

몇 번이나 더 확인하고 나서야 의자에 앉자 앤드류도 옆에 앉았다.

"조금 전 호텔에 도착했다고 보고받았습니다. 잠시 휴식을 취하고 후 씨가 공연한 센트럴파크부터 관광한다고 하더군요."

"김 대표님도 오셨어요?"

"네, 확인하진 못했지만 함께 오셨다고 보고받았습니다. 그래도 당장은 만나실 수 없습니다."

윤후는 아쉬웠지만 앤드류가 말한 의미가 무엇인지 알기에 쉽게 수긍했다.

또한 당장은 첫 공연이 우선이었기에 팬들과의 만남도 공연이 끝난 뒤로 잡혀 있었다.

*　　　*　　　*

MfB에서 마련해 준 크라운 플라자 타임스퀘어에 들어온 김 대표는 연신 두리번거렸다.

30명이 넘는 인원이 전부 비슷한 수준의 객실로 안내받았다.

그저 부담되지 않을 수준의 숙소를 생각했는데 2인 1실로 된 뉴욕 맨해튼 중심에 있는 호텔이었다.

"뭐가 그렇게 신기혀유. 참나."

"어? 신기하잖아. MfB가 돈이 많긴 많나 보구나. 너도 이런 데서 살았냐?"

"내가 뭐 손님이여유? 난 일하러 왔는디. 난 그냥 작은 아파트 살아유."

오랜만에 보는 얼굴임에도 마치 어제 본 것 같은 느낌에 대식은 피식 웃었다. 그러고는 어깨를 으쓱하고 창가로 향해 커튼을 열었다.

"저기 함 봐유."

대식의 말에 김 대표가 창가로 향했다.

화려한 네온 불빛이 눈에 들어왔다. 숙소가 시내의 중심가에 위치해 있기 때문이다.

대식이 가리키는 손가락을 따라 시선을 돌리니 지금 자신을 이곳에 있게 만들어준 윤후의 얼굴이 보였다.

"저기가 타임스 스퀘어여유. 저건 알쥬? 저기가 윤후 생일 때 덥덥이들이 광고 선물한 곳인디 지금은 공연 광고여유. 그리고 저짝도, 또 저짝도유."

대식의 손가락을 따라가던 김 대표는 뉴욕에 윤후의 얼굴이 도배되어 있는 것을 확인하자 영상이나 글로만 보던 윤후의 인기가 느껴졌고, 한편으로는 겁도 났다.

분명 한국에 오면 라온으로 올 것이다. 자랑스럽기도 하면서 부담을 느낄 때 호텔 방문이 열렸다.

"대표님! 어, 대식이도 왔네?"

"왔어? 제이야, 이리 와봐."

김 대표를 방문한 제이는 인사차 들렀는데, 오자마자 반가워하기는커녕 창가로 부르는 모습에 어리둥절해하며 걸음을 옮겼다.

그리고 창가에 서자마자 김 대표가 어깨동무를 했다.

"저거 보면서 느끼는 거 없냐?"

"내 동생 굉장하다는 느낌이요?"

"윤후가 왜 네 동생이야? 이거 웃기는 놈이네. 너도 저렇게 간판에 얼굴을 걸어야겠다는 생각은 안 드냐?"

제이는 오자마자 김 대표가 하는 말의 의미를 아는지 피식 웃었다.

"저거 돈만 있으면 걸 수 있어요. 저거 MfB에서 광고하는 건데, 우리 회사 돈 많아요?"

말문이 막힌 김 대표는 대답하지 않고 제이의 어깨를 잡은 손에 힘을 줄 뿐이었다.

제이는 피식 웃으며 김 대표의 손을 뿌리치고 의자에 앉았다. 그러자 김 대표가 얼굴을 씰룩이며 물었다.

"윤후는 어때? 잘하고 있냐?"

"아, 말도 말아요. 윤후 때문에 스태프들 전부 울상이에요. 자식이 일일이 참견하고 간섭해 대는 통에 다들 죽겠다고 그래요."

"뭐? 윤후가? 지가 뭘 안다고?"

"모르니까 더 그러죠. 일단 막 질러놓으면… 참, 앤드류 알죠? 그 사람이 어떻게든 윤후가 말한 대로 하게 하거든요. 지금 둘이 악당이에요. 그래도 뭐 다들 윤후가 첫 공연이니 긴장해서 그런가 보다 하고 있어요."

김 대표는 한번 고집부리면 쉽게 꺾이지 않는 윤후의 성격을 알기에 이해한다는 듯 고개를 끄덕였다.

그리고 윤후가 긴장하고 있다는 말은 약간 놀라웠다.

"그런데 넌 여기에 있어도 돼?"

"그럼요. 저랑 루아는 유일하게 한 번에 끝나는 순서인걸요. 그리고 오늘은 연습 없어요."

"아니, 윤후 긴장 좀 풀어주고 그래야지. 자식이 여기서 뭐 하는 거야?"

"참, 나는 라온 소속이고 윤후는 지금 MfB 소속이거든요? 아, 괜히 왔네!"

제이는 툴툴거리면서도 동생으로 생각하는 윤후를 챙기려 하는 김 대표의 말이 싫지 않았다. 그리고 김 대표는 윤후가 긴장해서 혹시라도 공연을 망치진 않을까 쓸데없는 걱정을 했다.

자신이 해줄 수 있는 게 아무것도 없기에 씁쓸하게 웃을 때, 침대에 누워 TV를 보며 웃고 있는 대식이 보였다.

"인마, 오자마자 TV를 보고 있어?"

"대표님도 오셔유. 며칠 전에 나온 방송인디 윤후 나오는 거예유."

김 대표는 얼굴을 씰룩거리면서 TV로 고개를 돌렸다.

TV에는 무대에 걸터앉아 웃고 있는 윤후의 모습이 보였고, 그 모습을 보자마자 김 대표는 씨익 웃으며 손가락을 튕겼다.

*　　　*　　　*

공연 당일. 윤후의 공연장에 도착한 김 대표는 수많은 인파에 혀를 내둘렀다. 아직 공연 시작 전임에도 공연장 밖까지 길게 줄이 늘어서 있었다.

그 수많은 사람들이 자신과 덥덥이들을 신기한 듯 힐끔거리고 있었기에 영 부담스러웠다.

“동양인이라고 막 무시하고 그러는 건 아니지?”

“뭐유? 참나. 아니, 생각을 혀봐유. 서른 명이 똑같은 티셔츠를 입고 서 있는디 누가 안 보겄어유. 그것도 가운데에 떡하니 Who라고 써놓고. 게다가 죄다 슬로건까지 매고 있잖아유. 윤후 모르는 사람도 쳐다보겄네.”

“크흠, 그런가?”

그렇다고 해도 김 대표는 외국인들이 보내는 시선이 영 부담스러웠다. 혹시라도 문제가 생기면 모두 자신의 책임이었기에 더욱 조심스러웠다.

하지만 덥덥이들을 보니 자신과는 다르게 무척이나 자랑스러워하는 얼굴로 당당하게 서 있었다.

그때, 뒤쪽에 있던 어려 보이는 백인 무리가 다가왔다.

김 대표는 영어가 가능한 대식에게 빨리 신호를 주었다.

“실례합니다. 혹시 코리안 더브?”

덥덥이들은 갑자기 물어오는 질문에 당황했다. 그래도 간단한 질문이었기에 대부분의 덥덥이들이 알아들었다.

“예스. 위 아 코리안 덥덥. 유 노우?”

덥덥이의 말이 끝나자마자 줄을 서 있던 사람들이 반짝거리는 시선을 보내기 시작했다. 순식간에 사람들이 몰리기 시작했고, 덥덥이들이 들고 있는 슬로건과 맞춰 입은 티셔츠, 그리고 덥덥이들이 들고 있는 한국에서 발매한 앨범에도 큰 관심을 보였다.

그중 라온에서 이벤트로 건넨 천으로 된 슬로건을 든 사람은 인기 스타라도 된 듯 보였다.

"이거 라온에서 나온 스페셜 슬로건 아닌가요?"

그 상황을 어이없는 얼굴로 지켜보던 김 대표가 대식을 보며 물었다.

"지금 라온 뭐라고 한 거 같은데? 우리 회사 얘기한 거 맞냐?"

"왜유. 뭐라도 팔아먹을라구유? 꿈 깨유. 지금 그런 거 팔면 앤드류가 쇠고랑 차게 만들 게 분명헌디."

"아니거든. 자식이 날 뭐로 보고."

입장 대기 중인 팬들은 한국에서 온 덥덥이들 덕분에 축제 분위기였다.

뒤에 있던 사람은 줄을 이탈하면서까지 덥덥이들의 사진을 찍어갔고, 덥덥이들은 모델이라도 되는 듯 당당하게 포즈를 취했다.

그 소란은 건물 안에서 스태프가 내려와 진정시키기 전까지 계속되었고, 김 대표는 괜히 앤드류와 마주칠까 봐 티셔츠를 가리려는 듯 들고 있던 남방을 걸쳤다.

“참 나, 윤후 도와준다고 허믄서 일을 만드시는구만. 대단혀유.”

*　　　　*　　　　*

최종 리허설을 마친 윤후는 반드시 휴식을 취하라는 앤드류의 부탁에 대기실에서 휴식 중이었다.

앤드류는 윤후의 가족이 도착했다는 전달을 받고 직접 마중을 나갔고, 윤후는 대기실에 앉아 머릿속으로 공연장을 점검했다.

대기실에 함께 있던 사람들은 윤후에게서 느껴지는 분위기 때문인지 조심스러웠다.

그나마 제이와 에델이 윤후의 옆에서 말을 하지 않았다면 숨조차 제대로 쉬지 못했을 것이다. 심지어 루아도 윤후에게 다가가지 못하고 있었다.

“야, 뭘 그렇게 생각하고 있어? 뭐가 부족해?”

“맞아! 오빠 때문에 우리 할아버지 몸살 났대! 자기 공연에도 그렇게 연습해 본 적 없다고!”

두 사람의 말에 윤후가 피식 웃자 제이가 얼굴을 씰룩거리고는 입을 열었다.

"인마, 너 때문에 다른 사람들이 눈치 보잖아. 왜 우리 형 수제자답지 않게 긴장하는 거야?"

그 모습을 지켜보는 Dii 멤버들은 알아들을 순 없지만 윽박지르는 듯한 제이의 목소리에 자신들이 긴장했다.

윤후가 지금 당장 말은 안 해도 제이라는 사람은 분명 연습 때 자신들처럼 개고생할 것이라고 생각하며 제이를 안쓰럽게 쳐다봤다.

하지만 제이는 물론이고 에델까지 쉴 새 없이 윤후에게 말을 시키고 있었다. 그 덕분인지 윤후가 제이를 보며 말했다.

"형, 형 공연할 때도 티켓 가격이 그렇게 비쌌어요?"

"비싸? 그게 비싼 건가?"

"한국 돈으로 30만 원 하는 자리도 있어요."

"너, 긴장한 게 아니라 그거 때문에 뚱한 거였어? 참 나, 그건 VIP석 가격이잖아. 그리고 나 일본에서 공연할 때랑 비슷한데? 너, 나랑 비슷한 급이었구나? 하하!"

제이의 농담에도 윤후는 진지하게 말했다.

"공연을 보고 싶은데 돈이 없어서 못 보는 사람도 있을 수 있잖아요."

"그거야 당연하지. 그렇다고 무료로 공연을 할 수는 없잖아. 생각해 봐. 체육관에서 본 사람들 전부 돈도 안 주고 일을 시킬 거야? 넌 지금 그게 신경 쓰이는 거야?"

"그냥요. 라온에서는 팬미팅을 할 때, 돈도 안 받고 공연했는데… 티켓 가격을 들으니까 좀 부담스러워서요."

"야, 라온이 그러니까 구멍가게 같지. 어휴, 비교할 걸 비교해야지. 지금 관객들도 어디서 돈을 주워서 티켓 산 거 같아? 아니야. 그만큼 네 공연이 보고 싶으니까 그 가격을 내면서까지 오는 거지."

제이는 윤후의 어깨를 툭 쳤다. 회사 입장에서는 속이 터질 만한 소리였지만, 팬들이 들었다면 자신들을 생각하는 윤후에게 더욱 빠질 만한 소리였다.

그리고 그때, 앤드류가 대기실로 들어와 Dii를 보며 준비하라는 신호를 보내고 윤후에게 말했다.

"아버님하고 미세스 조, 어르신과 론까지 객석에 안내해 드렸습니다. 무대에 서면 바로 확인 가능하실 겁니다. 그리고 관객들도 입장 시작했습니다. 확인해 보시죠."

앤드류는 리모컨을 들더니 TV를 켰다. 화면에 공연장의 모습이 나왔고, 관객들이 어느새 빼곡하게 자리했다.

화면을 보고 있던 사람들은 그 광경에 감탄했고, 윤후 역시 마찬가지였다. 그러자 제이가 윤후의 어깨에 팔을 올리며 말했다.

"야, 지금 돈 받은 걸로 뚱하게 있는 것보다 저 사람들에게 신경 써야 하지 않을까? 그리고 저 중에는 덥덥이들도 있잖

아. 한국에서 여기까지 왔다며."

윤후도 최대한 티켓 가격에 걸맞게 무대를 준비했지만, 다만 보고 싶어도 보지 못할 사람들이 신경 쓰였다.

하지만 제이의 말대로 일단은 지금 자신을 보러 온 관객들에게 만족스러운 무대를 보여주고 나서 생각해 봐야 할 일이었다.

"야, 저기 덥덥이들 맞지? 무대 바로 밑에 서 있는 애들."

제이의 말에 윤후도 화면을 보자 같은 옷을 입고 있는 사람들이 보였다. 하지만 공연장 전체가 보이는 통에 조그맣게 보여 화면 가까이 얼굴을 대자 앤드류가 곧바로 어딘가로 연락했다. 그러자 화면이 클로즈업되면서 일어서 있는 덥덥이들만 보였다.

"이야, 진짜 굉장하다. 일어서서 뭐 하고 있는 거냐? 뭐, 지들끼리 중얼거리는데?"

윤후가 앤드류를 보자 앤드류가 소리는 들을 수 없다며 고개를 저었다. 그래서 화면으로 다시 고개를 돌렸고, 소리를 들을 필요가 없어졌다. 화면이 아닌 공연장에서 울리기 시작하는 소리가 대기실까지 들렸다.

그 소리에 앤드류는 물론이고 대기실에 있던 모든 사람들이 고개를 갸웃거렸다.

기억하리라. 당신의 모든 순간을 기억하고 또 기억하리라

노래하리라. 당신이 들려준 천국의 노래를. 부르고 또 부르리라

"이거… 덥덥이들이 부르는 덥송 아니냐?"

화면은 다시 공연장 전체를 보여주었다. 관객들은 덥덥이들과 마찬가지로 자리에서 일어서서 덥송을 부르고 있었다.

덥덥이들로부터 시작된 덥송을 어느새 관객 모두가 부르기 시작했다. 예전 TV 방송 촬영 당시 들어보긴 했지만, 대기실이 울릴 정도로 들리는 덥송에 윤후마저 이마를 긁적였다.

그때 앤드류에게 전화가 왔고, 잠시 뒤 공연의 총책임자가 급하게 대기실로 들어왔다.

"큰일 났어요! 이제 곧 오프닝 시작인데 지금 이대로라면 오프닝 무대를 시작 못 합니다!"

"안내 방송 해도 안 됩니까?"

"안 됩니다! 무슨 예수도 아니고 이게 무슨 일인지… 어쩔 수 없이 오프닝은 건너뛰어야 할 것 같습니다. 바로 준비하시죠."

얘기를 들은 윤후는 화면을 보고 있다 말고 벌떡 자리에서 일어섰다.

그러자 스타일리스트들이 윤후에게 급하게 달라붙었다. 앤드류가 윤후를 보며 말했다.

“죄송합니다. 오프닝만 제외하면 다른 부분은 변경 없도록 하겠습니다.”

“괜찮아요. 일단 진정부터 시켜요.”

윤후가 준비를 마치고 대기실을 나오자 경호원들이 따라붙었다. 경호원에 둘러싸인 윤후가 LED 스크린 뒤에 도착하자 스태프가 다시 동선을 확인시켰다.

하지만 윤후는 손을 들어 올리고 곧바로 무대에 올랐다. 윤후는 사전에 약속한 대로 움직이지 않고 즉흥적으로 움직이고 있었다. 그러자 스태프 모두가 난리가 났다.

사전에 준비한 것들이 모두 쓸모없게 되어버렸다. LED 화면에 윤후가 나오고 화면이 갈라지며 윤후가 나와야 하는데, 윤후는 지금 무대 위를 터벅터벅 걸어가고 있었다.

무대에 갑자기 올라온 윤후에게 환호성을 지르느라 일순간 덥송이 멈췄다. 그런 환호성 속에서도 윤후는 그저 무대 가운데에 서 있을 뿐이었다.

계속된 환호에도 아무런 대꾸도 없이 우두커니 서 있자 환호성이 점점 줄어들었고, 스태프도 난리가 났다.

분명 무언가가 잘못되었다고 생각하며 진행 팀이 급하게 무대로 올라갔다.

“무슨 문제가 있으십니까?”

"마이크를 안 주셨는데요."

"아……!"

윤후의 돌발적인 행동 때문에 정신을 못 차린 스태프들이었고, 윤후는 마이크를 건네받자마자 팬들을 보며 말했다.

"마이크를 너무 늦게 주네요."

"하하하하하!"

"꺄아악!"

웃음소리와 환호성이 다시 뒤섞였고, 윤후는 그 환호성이 잦아들 때까지 기다렸다가 팬들을 보며 물었다.

"대기실에 있다가 덥송 때문에 올라오게 됐어요. 어떻게 모두가 알고 있어요?"

"엘렌 쇼!"

"더스틴 쇼!"

각자 자신이 본 TV 프로그램을 말해 무슨 소리인지 알 수 없었다. 그럼에도 몇 개는 알아들었는지 윤후는 고개를 끄덕이고 팬들을 향해 말했다.

"그럼 딱 한 번만 같이 불러봐요. 기타 좀 주세요."

스태프가 급하게 기타를 가져다주자 윤후는 기타를 안고 곧바로 연주를 시작했다. 그러자 익숙한 연주인 탓에 제일 먼저 시작한 건 당연히 VIP석에 있는 덥덥이들이었다.

윤후는 덥덥이들을 보며 미소를 지었고, 뒤늦게 정신을 차린 조명 팀에서 윤후에게 조명을 비추자 LED 화면에 윤후의 웃고 있는 얼굴이 나왔다.

그러자 떼창이 점점 커지기 시작했고, 아까와 마찬가지로 객석 전체에 떼창이 울리기 시작했다.

노래가 한창 이어질 때, 갑자기 윤후의 연주가 뚝 멈췄다. 잠시 한숨 돌린 스태프들은 다시 숨이 멎는 듯했다. 연주를 멈춘 윤후가 입을 열었다.

* * *

오프닝 무대를 준비하고 있던 Dii도 가득 찬 객석에 긴장됐다.

공연을 많이 했지만 지금처럼 2만 명이라는 관객은 처음이었고, 자신들을 보러 온 것이 아니라는 생각에 좀처럼 진정이 되지 않았다.

하지만 말릭은 아예 경험이 없음에도 그저 신기하기만 한 모양인지 커다란 LED 스크린 뒤쪽에서 객석을 보며 감탄하기 바빴다.

"빈자리가 하나도 없어. 굉장하다. 우리 여기서 노래 부르는 거야?"

"좀 가만있어. 이리 와서 다시 맞춰보기나 하자."

멤버들의 말에도 말릭은 연신 객석을 살피기에 여념이 없었다.

"진짜 저 사람들이 한 번씩이라도 우리 곡을 들었으면 좋겠다."

"오프닝만 제대로 하면 들어보겠지. 이리 와."

"어? 잠깐만. 무슨 일 있나? 사람들이 막 일어서는데?"

말릭의 말에 Dii 멤버 모두가 고개를 빠끔히 내밀어 객석을 살폈다. 앞에 있는 똑같은 옷을 입은 사람들이 수건 같은 것을 높이 들고 서 있는 것이 보였다.

그 사람들이 갑자기 노래를 시작했다. 아직 공연이 시작하려면 시간이 남았기에 웅성거리고 있던 관객들도 서른 명 정도 되는 사람들이 동시에 노래를 부르자 그쪽을 쳐다봤다. 공연장에는 서 있는 사람들의 노래만 들려왔다.

"저게 무슨 노래야? 느낌이 찬송가 같은데?"

"그런데 왜 갑자기 노래를 부르지?"

멤버들이 고개를 갸웃거릴 때, 서 있는 사람들 말고도 객석 곳곳에서 따라 부르는 사람들이 하나둘씩 생기기 시작했다.

따라 부르는 사람들이 하나둘씩 늘더니 그 속도가 엄청나게 빠르게 늘어났다.

결국 앞에 있는 멤버들의 말소리조차 들리지 않을 정도로 공연장에 노래가 울리기 시작했다.

"뭐, 뭐야? 뭐가 어떻게 되는 거야?"

멤버들이 어리둥절해하고 있을 때, 다행히 안내 방송이 나오기 시작했다.

—잠시 후 공연이 시작될 예정입니다. 다시 한번 안내드립니다. 잠시 후 공연이 시작될 예정입니다.

곧 공연이 시작된다고 알렸지만 노랫소리는 더욱 커졌다. 그 때문에 스태프들이 인터컴으로 어디론가 보고하며 갑자기 분주해졌고, Dii 멤버들은 당황한 얼굴로 서로를 바라봤다.

"이거… 우리 노래 부를 수 있겠냐?"

"무서운데? 어릴 때 살던 동네보다 더 무서운 거 같다."

그리고 말이 씨가 되어 갑자기 스태프들이 다가왔다.

"아무래도 오프닝은 힘들 것 같네요."

겁은 났지만 그동안 연습한 노래를 할 수 없다는 말에 멤버들의 얼굴이 일그러졌다.

그렇지만 자신들의 무대가 아닌 탓에 뭐라고 항의하기도 힘들었다. 말릭은 기대가 큰 만큼 실망도 컸는지 곧바로 스태프에게 질문했다.

"왜요? 왜 갑자기? 우리 연습 엄청 많이 했는데!"

"지금… 들리는 노래 때문에 그럽니다. 위에서 그렇게 보고

가 내려와서 저희도 어떻게 할 수가 없네요. 일단 따라오세요."

"이 노래가 뭔데요? 뭐길래 우리 무대를 할 수 없다는 거예요?"

"저도 잘 모르는데 덥송이라고… 후 씨 팬들이 만든 노래라네요. 지금 전부 후 씨를 찾는데 후 씨가 아닌 다른 사람이 오프닝을 서는 건 무리라고 생각했나 봅니다."

말릭은 무척 아쉬운 얼굴이었지만 한편으로는 이해가 됐다. 후를 찾는데 갑자기 자신들이 나와서 노래를 부른다 한들 귀에 들어올 리가 없었다.

뒤돌아서 멤버들을 보자 모두가 아쉬워하는 얼굴로 입술을 깨물고 있었다. 그때 경호원에 둘러싸여 이동 중인 윤후가 보였다.

Dii 멤버들은 윤후가 알고 했을 리도 없는데 자신들이 무대에 서지 못하는 이유가 윤후 탓으로 느껴지는 한편, 팬들이 노래까지 부르며 찾는 모습이 부럽기도 했다.

그런 생각이 들자 멤버들의 표정이 수시로 변했다.

"우리도 꼭 저렇게 됐으면 좋겠다."

"아유, 짜증 난다. 작업실로 가자."

"기다려야지. 먼저 갔다가 또 계약을 어겼다고 그러면 어떡해."

"계약은 무슨… 우리가 노래를 해, 뭘 해. 지랄을 해도 무대에 못 선 우리가 해야지."

가자고 말은 했지만 그래도 걱정스러웠는지 멤버들은 움직이지 못했다. 그때, 윤후가 무대에 올랐는지 갑자기 공연장이 떠나갈 듯한 환호가 들렸다.

잠시 뒤 윤후의 멘트가 들리더니 객석에서 웃음소리가 터져 나왔다.

Dii 멤버들은 웃음소리와 반대로 얼굴을 찡그렸고, 말릭은 궁금했는지 무대 위를 슬며시 살펴봤다.

"갑자기 기타를 들었는데? 그런데 이 노래, 꽤 좋은 거 같다. 안 그래? 뭐! 뭐 하리라! 멜로디가 굉장히 좋네."

말릭의 말에 Dii 멤버들은 더욱 인상을 찡그렸고, 자신들을 없는 사람 취급하면서 이리저리 뛰어다니는 스태프들도 짜증이 났다.

무대에선 윤후가 연주하는 기타 소리가 들리고 그 기타 연주에 맞춰 좀 전보다 더 정돈된 팬들의 노래가 들렸다.

띠띠디디.

그때, 자신들을 안내하던 스태프의 손목에서 알람이 울렸다. 노랫소리가 상당히 컸지만 그 소리만큼은 귀에 파고들어 왔다.

원래대로라면 자신들이 무대에 올라가야 하는 신호였다.

그 알람 소리까지 들으니 아쉬움이 더 커지는 기분에 잭슨은 멤버들을 이끌고 대기실로 가려 했다.

일단 말릭부터 데리러 가려 할 때 갑자기 윤후의 연주가 멈췄다. 연주가 갑자기 멈춰서인지 팬들의 노래도 서서히 멈추기 시작했다.

말릭을 데리러 간 잭슨은 궁금해져서 어느새 말릭과 같이 고개를 내밀고 무대를 살폈다. 윤후가 실수를 할 리 없었기에 음향 사고라는 생각이 들어 뛰어다니는 스태프들을 안쓰럽게 볼 때, 음향 실수가 아니라는 듯 윤후의 목소리가 마이크를 타고 들려왔다.

"지금 6시네요. 맞죠?"

"네! 6시!"

팬들은 윤후가 하는 말은 다 맞는다는 듯 시간도 확인 안 하고 곧바로 대답했다. 그러자 윤후가 기타를 내려놓고 말했다.

"지금 멈춘 노래는 끝나고 이어 불러요. 지금은 준비한 공연을 시작해야 할 시간이거든요."

그러자 팬들이 곧바로 각자가 좋아하는 노래를 외치기 시작했다.

"어때!"

"론!"

"땡큐!"

윤후의 앨범에 실려 있는 곡이 전부 나오는 듯했다. 그런데 윤후가 아니라는 듯 고개를 저으며 말했다.

"첫 무대는 제 무대가 아니에요."

뒤에서 상황을 지켜보던 말릭과 잭슨은 서로의 얼굴을 쳐다봤다.

"설마… 우리보고 지금 저 무대에 서라는 건 아니겠지?"

"차라리 아까 뭣 모를 때 섰으면 섰지, 계속 후의 노래를 외치는데 저길 어떻게 서."

몸까지 부르르 떠는 잭슨이었고, 그런 잭슨의 걱정대로 팬들의 아쉬움의 탄성이 공연장을 메웠다.

그러자 윤후가 손을 들어 올려 객석을 진정시켰다.

"제가 요즘 많이 듣는 노래에요. 멤버들 각자 개성도 잘 살아 있고 음악적으로 봐도 어디 하나 모자라지 않아요. 이번에 새로 나온 노래도 모두가 좋아할 거라고 생각해요. 그리고 무엇보다 저하고 연습을 오래했거든요. 들어봐요."

차분하게 말하는 윤후 덕분에 팬들의 탄성이 잦아들었다.

그리고 윤후가 좋아하는 노래라고 하며 같이 들어보자고 하는 말에 어느새 고개를 끄덕거리고 있었다.

한편, 말릭과 잭슨은 벌리고 있는 입에서 침이 흐를 정도로 넋을 놓고 무대를 쳐다보고 있었다. 그때 나머지 두 멤버가 급하게 다가왔다.

"야, 말릭, 잭슨. 지금 우리보고 무대에 올라갈 준비하라는데?"

"아, 알아."

어느새 스태프들이 다가와 리허설 때 하던 대로 하면 된다고 말하며 점검하고 있었지만, 넋 나간 말릭과 잭슨 탓에 다른 멤버들도 무대를 향해 고개를 내밀었다.

"Dii의 Don't do that."

무대에서 사신들의 그룹명과 곡명까지 소개하는 모습에 모두가 어리둥절해하며 바라봤다.

무대를 서지 못할 거라고 생각했다. 게다가 원래대로라면 자신들이 윤후를 소개해야 하는데 바뀌어 버렸다.

그래서 정신을 못 차리고 무대만 바라봤고, 소개를 했음에도 나오지 않는 탓에 윤후는 스태프들을 쳐다봤다. 그러다 멤버들과 윤후가 눈이 마주쳤다.

"저기 있네요. 얼굴만 보이는… 뭐 하세요? 노래해야죠."

마이크에 대고 말하자 고개를 내밀고 있는 흑인 네 명이 대형 스크린에 잡혔다. 그 모습에 관객들은 장난하는 것으로 오해하며 크게 웃었고, 그 웃음소리에 Dii는 더욱 어리둥절했다.

다행히 급하게 뛰어온 스태프 덕분에 무대에 올랐고, 관객들은 자신들에게 웃음을 준 Dii 멤버들을 환영했다.

마음의 준비가 덜 된 상태로 무대에 서자 수많은 관객에 압도되는 것 같았다.

아직 윤후가 옆에 있어서 관객들이 환호를 보내고 있지만, 윤후가 내려간다면 저 환호가 모두 사라지지 않을까 걱정됐다.

극도의 긴장감에 정신을 차리려고 숨을 고를 때, 자신들의 앞에 주먹 하나가 보였다. Dii 멤버 모두가 고개를 동시에 돌리자 씨익 웃으며 주먹을 내미는 윤후가 보였다.

항상 자신들이 먼저 주먹을 내밀었는데 이번에는 반대로 먼저 주먹을 내미는 윤후 덕분에 멤버들은 피식 웃고 주먹을 맞부딪쳤다.

그렇게 다섯 명의 주먹이 부딪치고 나서야 윤후는 무대에서 내려갔고, 처음 계획한 대로 공연이 시작되었다.

"주인공이 엑스트라를 소개하다니!"

"우리가 할 역할을 뺏어가다니!"

장난스럽게 멘트를 날렸고, 팬들은 아직도 고개를 내밀고 있던 Dii 멤버들의 모습을 잊지 않았는지 웃음으로 반응했다.

그리고 원래대로라면 자신들의 얘기를 조금 하고 윤후의 공연에 대한 멘트를 해야 했지만 이미 윤후가 나온 이상 다 소용없게 되었다.

Dii 멤버들은 정해진 멘트가 아닌 즉흥적으로 멘트를 하기 시작했다.

"우리가 사실 세 명이었는데 후 덕분에 네 명이 됐어요."

연습할 때 있었던 비하인드스토리를 들려주는데 팬들이 싫어할 리가 없었다. 그것도 윤후와 직접적으로 관련 있는 얘기였기에 Dii의 말에 금세 빠져들었다.

그러자 Dii도 신이 나서 애기했고, 그러다 보니 객석과 하나가 된 기분이 들었다.

걱정하던 스태프들도 생각보다 잘하고 있는 Dii의 모습에 미소를 보이며 이제 노래를 시작하라는 신호를 보냈다.

멤버들이 서로를 바라보며 고개를 끄덕이고는 넷이 동시에 입을 열었다.

"후 덕분에 새로 태어난 우리 노래 Don't do that."

"렛츠 기릿!"

말릭의 신나는 목소리와 함께 조명이 무대에 집중되었다. 그와 동시에 'Don't do that'의 MR이 나왔고, Dii는 서로를 쳐다보며 마이크를 세게 쥐었다.

*　　　*　　　*

Dii의 무대가 끝나면 곧바로 무대에 올라야 하는 윤후는 연습한 것보다 더 신나게 들리는 노래가 만족스러웠다.

비록 계획과는 약간 달라졌지만 윤후는 그동안 준비한 것들을 모두 빠짐없이 보여주고 싶었다. 그리고 윤후의 옆에는 제이와 함께 다른 세션도 대기 중이었다.

무대를 보고 있던 제이가 윤후의 귀에 대고 조용히 속삭였다.

"저 곡도 네가 바꿔준 거라며?"

"바꿔준 건 아니고… 그냥 한 명 더 부르게 해줬죠."

"그거나 그거나. 원곡 들어봤는데 완전 차이 나더만. 진짜 우리 형한테 음악 배운 거 맞아?"

"네, 맞아요."

"그럴 리가 없는데. 우리 형이 너 정도로 했으면 진작 가수 했지."

윤후는 제이의 농담에 피식 웃었다.

"빈센트라는 분이 대단했나 보네."

"다들 잘 가르쳐 줬어요."

"그런데 사람들이 즐거워하는 거 같은데 처음 들어서 그런지 못 따라 하는 게 조금 아쉽다."

윤후도 그렇게 느꼈다. 관객들이 자리에서 일어나 Dii의 손짓에 맞춰 손을 흔들고 있지만, 처음 들어서인지 따라 부르진 못했다.

그런데 노래가 끝날 무렵 가사가 거의 'Don't do that'인 부분에선 관객들이 따라 부르기 시작했다. 그 모습을 본 제이가 혀를 내둘렀다.

"하, 내가 속았어. 너네 덥덥이들은 너하고 연관된 건 다 좋아해. 난 나도 인기가 꽤 있다고 생각했는데 그게 아니야. 지금 쟤네 봐라. 난리 났다."

윤후도 피식 웃고는 단체로 따라 부르는 무리를 봤다. 무대 바로 밑의 그린 파스텔 색으로 된 똑같은 티셔츠를 입은 덥덥이들이 손을 흔들며 즐기고 있었다.

Dii는 그쪽으로 마이크까지 넘겨댔고, 덥덥이들은 목이 터져라 'Don't do that'을 외쳤다.

Dii는 더욱 신나서 날아다니듯 무대를 뛰어다니며 마이크를 넘겼고, 관객들은 거기에 맞춰 따라 불렀다.

"쟤네 노래 잘되면 이건 전부 덥덥이들 덕이다. 안 그래?"

윤후도 인정한다는 듯 미소를 지었다. 그리고 노래를 마친 Dii는 얼마나 뛰어다녔는지 숨까지 헐떡이고 있었지만 표정만큼은 세상을 다 얻은 사람들처럼 환하게 웃고 있었다.

"와! 기분 째진다! 우리 한 곡 더 할까?"

"됐다! 지금 이 기분 망치고 싶어?"

마이크에 대고 장난스럽게 농담했고, 기분 좋은 무대를 본 팬들도 웃음소리로 대답했다.

"뭐, 아쉽지만 솔직히 뒤의 무대가 더 대단하거든요. 거의

한 달을 연습했는데 후 연습하는 거 보느라 끝까지 남아 있었어요. 진짜 언빌리버블! 여기 오신 여러분, 복권 당첨된 겁니다! 하하!"

"그럼 우리는 이만 물러가고 이 무대의 주인공을 불러볼까요? 여러분이 불러보시죠!"

"후! 후!"

"뭐라고요? 더 크게!"

"후우우우! 후우!"

"소개합니다! 완벽에 완벽을 더한 주인공 Perfect Who!"

Dii가 윤후를 소개하자 LED 화면이 회색으로 바뀌더니 'Imperfect'라는 단어가 새겨졌다. 그러고는 화면에서 손이 하나 보이더니 손가락으로 I를 튕겨내자 화면이 흔들리기 시작했다.

m까지 튕겨내자 화면에 번개가 치는 듯하더니 윤후의 앨범에 있는 것처럼 회색 글씨가 검은색으로 바뀌었다.

관객들은 두근거리는지 양손을 부여잡고 가슴팍에 올린 채 전부 LED 화면을 보고 있었고, 잠시 뒤 LED 화면이 갈라지기 시작했다. 그와 동시에 기타를 메고 있는 윤후와 함께 세션들이 서 있는 무대가 앞으로 움직였다.

"후! 후우! 후후!"

윤후가 얼굴을 비치자 관객들은 미친 듯이 윤후를 불러댔고, 윤후는 움직이던 무대가 멈추자 마이크에 입을 대고 마치 관객들과 처음 마주한 것처럼 씨익 웃으며 입을 열었다.

"안녕?"

*　　　　　*　　　　　*

윤후의 인사를 시작으로 드럼에 자리한 제이가 연주를 시작했다. 그러자 관객들이 Dii의 공연에도 신나했지만 그것과는 비교할 수 없을 성노로 소리를 질러냈다.

무대를 내려간 Dii 멤버들은 허탈하게 웃으며 무대를 지켜봤고, 무대 위에 있는 윤후는 미소를 지은 채 노래를 시작했다. 시작은 '안녕'이라는 단어가 나오는 'Wait'였고, 관객들은 세션들의 연주를 듣고 바로 알아챘는지 노래가 시작되기도 전에 손을 들어 올렸다.

안녕, 웃으며 건네던 작별의 인사죠

하지만 돌아가서도 웃으며 건넬 말 안녕

윤후의 노래에 관객들은 다 같이 손을 흔들며 한국어인 '안녕'을 또박또박한 말투로 따라 불렀다.

드럼을 연주하는 제이는 공연장에서 들리는 한국어가 기분 좋은지 미소를 지으며 연주했다.

그리고 자신이 조금만 흥분하려 하면 곧바로 눈치채고 신호를 주는 윤후 탓에 최대한 절제하며 연주했다.

한편, 무대 바로 밑 VIP석에 위치한 김 대표는 잔뜩 상기된 얼굴로 공연장을 두리번거렸다. 입을 오물거리는 걸로 보고 분명 무언가를 말하고 싶어 한다는 걸 눈치챈 대식이 고개를 저으며 말했다.

"뭐, 자기한테 한 거라고 자랑이라도 허고 싶어유?"

"어? 아니, 그냥. 야, 장난 아니다. 진짜 신기하다. 어떻게 저렇게 잘 따라하지? 어, 그래, 너도 안녕."

뒤쪽에서 따라 부르는 관객들에게 마치 자신이 노래를 부르는 듯 인사하는 김 대표였다. 그리고 윤후의 첫 곡이 드디어 끝났다. 신나는 곡이 아니었음에도 관객들은 매우 즐거워하는 얼굴이었고, 노래가 끝났음에도 환호가 줄어들지 않았다.

그러자 윤후가 마이크를 들고 무대를 걷기 시작했고, 환호성이 점점 줄어들기 시작했다. 마지막으로 윤후가 손을 흔들며 제대로 인사를 건넸다.

"안녕?"

"안녕!"

"안녕은 사실 한국에선 반말이에요. 친구 사이에 쓰는 인사인데… 우린 친구니까 괜찮죠?"

윤후에 대해 조금이라도 알고 있는 사람들은 분명 멘트를 외워서 말하고 있다는 것을 알아챘지만, 관객들은 친근하게 다가오는 윤후의 모습이 좋은지 그저 신난 얼굴들이었다. 윤후는 걸음을 옮기며 관객들을 바라봤다.

"정말 많은 분들이 와주셨네요."

윤후는 가족이 있는 곳으로 향했다. 그러자 LED 화면에 움직이는 윤후의 모습이 나왔고, 윤후가 발길을 멈추자 윤후가 멈춘 곳에 자리한 사람들의 얼굴이 화면에 비쳤다.

"저희 가족들도 오셨고요. 모두 제가 나오는 TV 프로그램을 보셨나요?"

"네! 네에에!"

"거기서 보신 얼굴들이죠? 아빠, 할아버지, 아줌마, 그리고 처음 보는 사람도 있죠?"

윤후는 커다란 화면에 자신의 얼굴이 나오는 게 부담스러워하는 론을 가리켰고, 론은 고개를 숙인 채 저리 가라는 듯 손을 휘저었다.

론이 인터뷰를 하긴 했어도 얼굴이 나오지 않았기에 다들 론의 얼굴을 알지 못했다. 윤후가 피식 웃고 입을 열었다.

"제 친구 론은 처음 보죠?"

"론?"

론이라는 이름에 웅성거리기 시작했다. 윤후의 친구인 론이라면 현재 빌보드 1위곡인 'Lon'의 주인공이었기에 다들 화면이 아닌 실제로 론의 얼굴을 확인하려는 듯 시선이 전부 론에게 쏠렸다. 그럼에도 윤후는 론에게 손을 흔들며 인사하고 관객들에게 질문했다.

"제 친구 이름이 뭐라고요?"

"론! 로온! 론이요!"

"맞아요. 론."

그리고 LED 화면에 윤후가 미소 짓고 있는 얼굴이 큼지막하게 잡히더니 무대의 모든 조명이 꺼졌다. 잠시 뒤 LED 화면에 'Lon'의 뮤직비디오가 나오기 시작했다. 윤후가 멘트를 하는 사이 다음 무대 준비를 마친 스태프들이 서둘러 퇴장했고, 뮤직비디오가 나오는 사이 무대로 새로운 사람들이 올라오기 시작했다.

윤후는 붉어진 얼굴로 주변을 두리번거리는 론을 보며 미소를 짓고 준비가 끝난 무대로 향했다.

윤후가 이어모니터를 착용하자 진행 팀에서 준비가 되었냐는 소리가 들렸고, 거기에 맞춰 윤후는 가볍게 손을 들어 올렸다. 그러자 뮤직비디오가 노이즈가 낀 것처럼 지직거리며 다시 무대를 비쳤다.

무대에는 수많은 사람들에게 둘러싸인 윤후가 보였고, 관객들은 다음 곡이 무엇인지 짐작할 수 있었다. 그들의 예상대로 'Lon'의 반주가 들리기 시작했다.

그리고 무대에 있던 사람들이 윤후를 둘러싼 채 앞으로 이동하기 시작했다.

관객들은 지금까지 윤후 혼자 공연한 무대를 봐왔기에 지금 무대에서 무엇을 보여줄지 기대하며 바라봤다. 그때, 윤후를 둘러싸고 있던 사람들이 빠르게 흩어지더니 바닥에서 무언가를 들어 올리기 시작했다.

그리고 노래가 나와야 하는 부분인데 주변으로 흩어졌던 사람들이 윤후에게 마이크 대신 들어 올린 무언가를 건넸다.

윤후는 다시 건네받은 것을 관객들이 보이게끔 높이 들어 올렸다.

그 모습이 화면에 잡히자 멀리 있는 사람들까지 무엇인지 알아챘다.

'Lon'이 처음 나올 당시 이벤트를 진행한 윤후의 사진이었다. 그리고 윤후가 들고 있는 것은 MfB에서 뉴욕에 거주하고 있는, 이벤트에 참여한 사람들의 사진을 무작위로 추첨한 것이었다.

그렇기에 관객 중에 있을 수도 있고 없을 수도 있었다.

관객들의 시선이 매우 바빴다. 윤후도 봐야 했고 혹시나 자신의 사진이 나올지도 몰랐기에 화면도 봐야 했다. 관객들의 시선을 느낀 윤후는 다행이라고 생각했다.

여기에서 노래까지 불렀으면 관객들이 제대로 즐기지 못했을 것이 분명했다. 물론 진행 팀이 만든 순서였기에 윤후는 그저 연습만 했을 뿐이다.

그리고 윤후가 패널로 만든 사진을 하나하나 들어 올릴 때마다 객석에서 손을 들며 외치는 소리가 들렸다.

“어! 나다! 저예요! 저! 아, 어떡해!”

윤후는 미리 준비한 대로 큼지막하게 만든 사진 뒤에 사인을 하고 옆에 있는 사람에게 건넸고, 그 사람은 곧바로 스태프에게 전달했다.

“공연 끝나고 받아가요.”

“꺄아악! 저도 주세요! 우리도!”

팬들의 반응이 난리도 아니었다. 더욱 눈에 불을 켠 채로 화면을 뚫어져라 쳐다봤고, 어느새 노래가 끝나고 있었다. 그리고 윤후는 마지막 사진을 건네받아 잠시 보더니 고개를 갸웃거렸다.

“어디서 본 얼굴인데?”

윤후의 말 때문인지 관객들이 궁금해했고, 모두가 마지막 주인공이 자신이길 기도하며 바라봤다. 그러던 중 윤후가 기억이 났는지 손가락을 튕기더니 무대 앞에 쪼그리고 앉았다. 그러고는 마이크에 대고 말했다.

"대표님, 안녕하세요."

갑작스럽게 인사를 받자 김 대표는 매우 당황했다. 그저 눈빛으로 인사라도 하면 다행이라고 생각했는데 마이크에다 대고 자신에게 말을 시키고 있었다.

그럼에도 월드 스타인 후가 먼저 아는 척을 했다는 생각에 어느새 어깨를 펴고 마치 자랑이라도 하듯 주위를 둘러봤다. 하지만 윤후의 볼일은 그게 아니라는 듯 김 대표와 함께 있는 한국 덥덥이들이 볼 수 있도록 사진을 돌렸다.

"혹시 머리카락 왔어요?"

팬들은 서로를 보며 두리번거렸다. 그때, 무리의 뒤쪽에 있던 여학생이 손을 번쩍 들더니 사람들을 헤집고는 무대 바로 아래로 나왔다. 그러자 윤후는 내심 놀란 듯 어깨를 으쓱거리고 이내 다른 팬들에게 한 것처럼 사진 뒤에 사인을 하고 직접 팬에게 건넸다.

"머리카락 많이 자랐네. 여기까지 온 거 보면 약속 지켰나 보네. 약속 지켜줘서 고마워."

윤후가 예전 자신에게 머리카락을 잘라 준 팬에게 고맙다고 말하자 덥덥이들이 난리가 난 것은 물론이고, 한국말로 한 탓에 알아듣지 못한 관객들도 궁금해했다.

윤후는 다시 무대의 가운데로 걸어가며 한국에서 한 약속 때문에 여기까지 온 얘기를 해줬고, 다행히도 관객들은 모두

흥미롭다는 표정이었다.

사전 리허설 때는 없던 일이기에 윤후는 우연이라고 생각하며 신기해했다. 하지만 무대 밑에서 지켜보던 에이전트들은 앤드류에게 존경의 눈빛을 보냈다.

"분위기가 굉장합니다. 그래서 한국 팬 사진도 준비하라고 하신 겁니까?"

"우연이야."

준비를 한 건 맞지만 앤드류도 그런 일까지는 알지 못했다. 그저 공연이 잘되라고 하늘이 도와준 것만 같았다. 무대에서 준비가 끝났는지 스태프를 보며 고개를 끄덕이는 윤후가 보였다.

멘트도 자연스럽고 갑작스러운 상황에도 대처를 잘하고 있었다. 앞으로는 이번 공연처럼 연습할 시간이 많지 않았기에 걱정스러웠는데 이렇게만 해준다면 문제가 없어 보였다. 앤드류는 뿌듯한 미소를 지으며 윤후를 봤다.

좀 전에 들린 'Lon'의 MR이 다시 들리기 시작했다. 그리고 무대에 있던 사람들이 좀 전처럼 윤후를 둘러쌌다.

관객들은 또 무엇을 하려는 것인가 기대하며 바라봤고, 그렇게 둘러싼 상태로 아까처럼 무대 앞으로 이동했다. 그리고 첫 벌스가 들어가야 할 부분에 좀 전 같이 무대에 있던 사람들이 빠르게 흩어짐과 동시에 윤후의 목소리가 들려왔다.

같이 있는 것만으로도 즐거워. 나도 모르겠는데 이상하게 편해

자신들을 윤후의 팬으로 만든 'Lon'이 들렸다. 항상 혼자서 무대를 서던 윤후였는데 지금 윤후의 뒤에는 수십 명은 댄서들이 'Lon'에 맞춰 춤을 추고 있었다. 비록 윤후가 춤을 추고 있진 않았지만 댄서들 때문인지 무대가 더욱 흥겹고 신나게 느껴졌다.

그리고 자신들이 제일 좋아하는 코러스 부분이 다가왔고, 윤후도 준비하고 있다는 듯 노래를 멈추고 소리를 질렀다.

"준비됐어요?"

"네! 네에!"

윤후가 힘찬 객석의 대답에 엄지를 치켜세울 때, 노래의 코러스가 들리기 시작했다. 그러자 윤후는 어느새 유명해진 자신의 춤과 함께 노래를 불렀다.

론!

"론!"

론!

"론!"

론, 론, 로온. *변하지 않길. 지금 우리 모습. 지금처럼 즐겁게*

팬들은 무릎을 구부리는 부분에 맞춰 론을 외쳐댔다. 그리고 지금 이 순간 팬들과 윤후는 굉장하다고 느끼고 있었다.

무대에서는 수십 명이 윤후에게 맞춰 절도 있게 추는 덕분에 윤후의 춤까지 굉장히 멋있게 느껴졌고, 윤후는 몇 번이나 같은 광경을 봤음에도 2만 명의 사람이 동시에 출렁거리는 모습은 언제 봐도 대단하다고 느꼈다.

그리고 무대 밑에서 즐기고 있던 노래의 장본인인 론은 무대 위 윤후의 모습에 가슴이 울렁거릴 정도로 뿌듯했다.

수만 명의 환호를 받으며 그 환호에 부족하지 않는 무대를 보여주는 윤후가 자신의 친구라고 자랑하고 싶은 마음이었는데 어디 자랑할 곳이 없었다.

그나마 옆에 있는 일행에게 대단하다고 말하려 고개를 돌렸다.

함께 있는 세 사람은 모두 같은 얼굴을 하고 있었다.

비록 춤을 추고 있진 않았지만 미소가 가득한 얼굴로 박수를 치고 있었다. 그런 그들의 얼굴에서 자신과 마찬가지로 뿌듯해하고 있다는 것이 느껴졌다.

*　　　*　　　*

'Lon'이 끝난 뒤 다른 무대가 곧바로 이어졌고, 관객들은 앨범에 있는 곡을 전부 알고 있다는 듯 한 곡도 빠짐없이 따라 불렀다. 오랫동안 노래한 사람의 공연이 아닐까 하는 생각이 들 정도였다.

윤후의 공연도 한순간도 눈을 뗄 수 없을 정도로 굉장했다. 무엇보다 무대 중간마다 팬들과 소통하는 진행이 상당히 좋은 호응을 얻고 있었다.

그리고 소통으로 만들어진 무대의 차례였다.

"아까 보고 또 봐도 반갑죠? 하하하!"

앤드류는 무대 위 말릭의 모습에 그저 어이가 없어 웃고 있었다. 뭘 몰라서 겁이 없는 사람이 아니라 그냥 눈치도 없고 긴장이라고는 모르는 사람이었다.

아니나 다를까, 지금도 윤후에게 어깨동무를 하고 마치 자신이 무대 위 주인이라도 되는 듯 팬들에게 인사를 건넸다.

아마 윤후를 제외하고 이번 공연의 최대 수혜자는 말릭이 아닐까 하는 생각이 들 정도였다. 원래대로라면 음반으로 발매하지 않기에 이번 무대가 처음이자 마지막 무대여야 했지만, 윤후의 도움으로 Dii에 합류하게 되었다.

그럼에도 전혀 위축되지 않고 위화감 없이 한 팀처럼 녹아든 말릭이었다. 앤드류는 어떻게 보면 저런 성격이 노래하기에 어울리는 성격일 거라고 생각하며 무대를 보고는 피식 웃었다.

*　　　　*　　　　*

각종 매체와 인터넷은 윤후의 공연 후기에 관한 글들이 범람했다.

공연장에서 찍은 짧은 영상들도 넘쳐났고, 모든 영상은 하나같이 무대를 즐기고 있었다. 그리고 인간성이 좋기로 유명한 윤후의 숨은 얘기는 기자들에게는 좋은 주제였다.

〈Who, 가수를 꿈꾸는 소년에게 길을 열어주다〉

〈Who의 프로듀싱으로 새롭게 태어난 곡〉

전혀 연관성 없는 제목도 많았다. 그리고 그런 제목의 기사조차 Dii의 이름은 없지만 기사 내용에 윤후의 얘기를 언급하다 보니 Dii 얘기를 쓸 수밖에 없었다.

물론 MfB에서 찬성했기에 기사가 나온 것이지만, 지금 나오는 기사들 덕분에 Dii나 윤후 모두 이득을 보고 있었다.

대중들은 음원 사이트와 인터넷에서 Dii의 새로운 버전 'Don't do that'을 검색했다.

Dii의 곡은 음원 사이트에서 순식간에 치고 올라왔다. 그 결과가 다른 가수들을 자극했다. Dii를 알고 있던 다른 가수들은 연습 기간 내에 무슨 짓을 했기에 곡이 완전히 변하고 분위기조차 변했는지 궁금해했다. 그리고 자신들도 변할 수 있지 않을까하는 생각에 자처해서 MfB에 연락을 취했다.

꽤 이름이 있는 솔로부터 그룹까지 각양각색의 가수들이었고, 심지어는 해외에서도 연락이 왔다.

하지만 윤후의 공연 게스트는 이미 모두 계약된 상태였다. 해외에서는 나라별로 유명한 가수들이 참여할 예정이었기에 그 사람들을 받아들일 여유가 없었다.

그럼에도 그들은 언제가 돼도 좋다며 같은 무대에 서길 원했다.

공연이 끝나고 몇 시간도 안 돼서 일어난 일들이었다.

뒤풀이를 하는 윤후를 책임지느라 회사로 돌아가지 않은 앤드류는 연신 전화를 붙들고 지금과 같은 내용의 보고를 받았다. 그러면서 과연 그들도 지금 윤후의 모습을 보고도 같이 하려 할지 궁금했다.

"말릭, 왜 아까 또 틀렸어요? 항상 같은 곳에서 틀린다고 주의하라고 했잖아요."

"한 번밖에……."

"세 번!"

"아니, 그랬나?"

"다음에 또 틀리지 않게 지금 연습해 봐요."

주변에 있던 사람들은 설마 공연이 끝난 뒤에도 시킬 줄 몰랐다. 하지만 그동안 연습하며 봐온 윤후의 성격을 알기에 모두 말릭의 시선을 외면했고, 말릭은 울상이 되어 입을 열었다.

"난… 뉴욕 공연이 마지막인데… 휴스턴이랑 LA는 안 가는데……."

Chapter 4
아빠의 마음 I

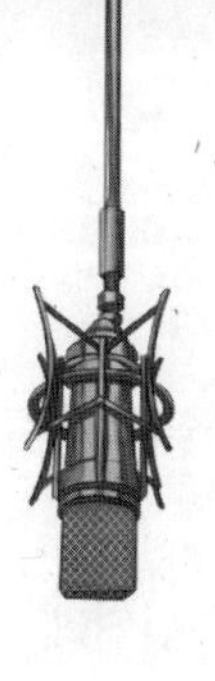

지금 뒤풀이를 하는 건지 아니면 콘서트의 연장인지 구분이 안 될 정도로 윤후의 옆에는 많은 사람들이 있었다.

덥덥이들과의 약속은 내일이었기에 지금 이 자리에 없지만, 공연을 함께한 스태프부터 MfB의 콜린까지 와서 공연의 주인공인 윤후에게 축하를 건네고 있었다.

뒤풀이에 초대받은 김 대표는 상당히 바빠 보이는 윤후의 모습을 바라봤다. 인사를 제대로 하기 위해 사람들이 빠지길 기다렸고, 그때 앤드류가 다가왔다.

김 대표는 급하게 대식의 옆구리를 찔렀다. 그사이 앤드류가 다가와 손을 내밀었다.

"반갑습니다. 먼 곳까지 와줘서 감사드립니다."

"나이스 투 밑 츄!"

김 대표는 악수를 하며 반갑게 인사했다. 그리고 앤드류와 대화가 이어졌고, 대식을 통해 듣고 있지만 대식의 통역이 영 불안했다.

"한국에서 발표한 여섯 곡도 상당히 인기가 좋습니다. 라온에서 저희에게 알려준 이벤트의 역할도 상당히 컸기에 진작 인사를 드렸어야 하는데 늦었네요. 이렇게라도 인사를 드릴 수 있게 돼서 다행입니다."

김 대표가 대식을 쳐다봤다. 대식은 못 알아들은 것처럼 얼굴을 찡그렸다. 그런 대식의 모습에 김 대표는 불안했다.

"고맙대유."

"뭐? 방금 엄청 길게 말한 거 같은데?"

김 대표는 고개를 갸웃거리고는 앤드류를 보며 웃는 얼굴로 말했다.

"윤후를 잘 보살펴 주신 덕분에 윤후의 이름이 세계에 널리 퍼졌네요. 정말 MfB에 윤후를 보내길 잘했다는 생각을 매일 합니다. 오늘 공연만 봐도 너무 훌륭해서 제가 다 뿌듯하더군요. 하하!"

김 대표가 대식의 옆구리를 찌르자 대식이 이마를 긁적이고 입을 열었다.

"땡큐."

"이 자식이, 이거. 그런 걸 누가 못해? 이거 웃긴 놈이야."

"왓 더!"

"왓 더 같은 소리 하네."

대식의 통역에 순간 욱한 김 대표는 약간 큰 소리를 냈다. 그에 사람들의 시선이 쏠렸고, 그 탓에 떨어져 있던 윤후가 씨익 웃으며 다가왔다.

"대표님, 대식이 형."

김 대표는 당당한 얼굴로 윤후에게 손을 흔드는 대식의 모습을 보며 인상을 찡그렸다. 그러다 보니 오랜만에 보는 윤후에게 처음으로 하는 말이 하소연이었다.

"윤후야, 대식이 이 자식 이거 웃긴 놈이야. 영어 공부 한다고 그러더니 뭘 제대로 하는 게 없어."

"아녀유. 고맙다고 그러는디 고맙다고 허지 뭐라고 헌데유. 참 나. 그리고 그거 비밀 아녀유?"

"아, 너 때문이잖아!"

하지만 이미 알고 있는 윤후였고, 자신과 오랜만에 만났는데도 변함없는 두 사람의 모습에 실소를 흘렸다. 한참 티격태격하던 둘 사이가 좀 진정되자 윤후는 미소를 지으며 대식에게 영어로 말했다.

"크리스티안하고 파블로는 할 만해요?"

"뭐, 할 만하지."

"앤드류 씨한테 듣기로는 약간 부족하긴 해도 의사소통엔 문제없다고 하던데."

"그냥 계속 나한테 통역하라니까 그랬지."

윤후는 대식을 본 것을 모른 체했고, 대식도 윤후가 알고 있다는 것을 모른 체하며 대화했다. 그리고 윤후는 생각보다 영어를 잘하는 대식의 모습에 약간 놀랐다.

얼마나 열심히 영어 공부를 했을지 상상이 될 정도로 교과서에 나올 법한 정직한 영어를 구사했다.

"뭐야? 이 자식 이거 진짜 웃긴 놈이네. 영어 잘하면서 일부러 그런 거냐?"

대식은 윤후에게 자기 말이 맞는다는 듯 김 대표를 엄지손가락으로 가리키고 고개를 저었다. 그에 윤후는 피식 웃어버렸다. 두 사람은 언제나 자신 앞에서 꾸밈없이 솔직한 모습을 보여주고 있었다.

옆에서 사람들을 차단하고 있는 앤드류도 지금은 편해졌지만, 앞에 있는 두 사람은 처음으로 인간관계를 맺은 사람들이어서인지 지금 모습이 더 편하게 느껴졌다.

그때 앤드류가 윤후의 귀에 대고 다른 사람들에게도 인사를 해야 한다고 속삭였고, 윤후는 아쉬워하는 얼굴로 대식에게 말했다.

“공연 모두 끝나면 한국으로 갈 거 같아요. 형도 갈 거죠?”

“가야지. 난 좀 더 일찍 갈 거 같아.”

“알았어요. 다음 휴스턴 공연은 못 오죠?”

“아마 힘들 거야. 크리스티안도 바쁘거든.”

윤후는 이해한다며 고개를 끄덕이고 김 대표와 대식을 번갈아 보고 말했다.

“투어 다 하려면 반년 정도 걸리니까 그때 한국에서 봐요. 알겠죠?”

대식은 또다시 사람들에게 둘러싸인 윤후를 보고 고개를 끄덕였다. 그사이 김 대표가 대식의 옆구리를 가격했다.

“왜 니들끼리 얘기하냐? 윤후가 뭐라고 했어?”

대식은 여전히 사람들에게 둘러싸인 윤후를 보며 말했다.

“기달리래유.”

“뭘? 여기서 기다리라고?”

“휴, 한국에서 만나재유. 투어 다 끝나믄 말여유.”

* * *

〈세계 최고의 가수, 세계 최고의 공연〉

LA의 공연을 끝으로 본격적인 투어가 시작될 예정이다. 첫 투어는 영국의 런던이며 매 공연마다 팬들과의 소통으로 많은 얘깃거리를 만드는 후의 공연에 영국 팬들은 벌써부터 기대하며 뜨거운 반응을 보였다.

…(중략)…

티켓은 금일 6시부터 판매 대행사인 'A—allTicket' 사이트에서 판매될 예정이다.

LA의 공연을 끝으로 미국의 공연까지 끝낸 윤후는 영국으로 갈 때까지 여유가 있었기에 뉴욕으로 돌아왔다. 뉴욕에 돌아와서도 영국에서 있을 공연 연습은 계속되었고, 윤후는 피곤할 만도 했건만 정훈과 함께 TV를 보고 있었다.

"아들, 들어가서 눈 좀 붙이지그래."

"괜찮아요."

정훈은 윤후를 가만히 보다가 머리를 헝클어뜨리고는 피식 웃었다.

"어휴, 어차피 투어 다니면 바빠서 얼굴도 못 볼 텐데. 아빠도 나이 먹어서 아들 쫓아다니기 힘들어."

윤후도 충분히 알고 있기에 가지 말라는 말을 입 밖으로 꺼내진 않았다.

"할아버지도 내일 가세요?"

"그럼. 같이 가시지. 어르신도 사실 비행기 타고 다니시는 거 버거울 텐데 말을 못 하시는 걸 거야. 그러니까 아들이 이해해."

"네."

"어차피 한국 가면 매일 볼 텐데, 뭐."

론은 수업 때문에 함께하지 못했지만, 다른 사람들은 휴스턴과 LA의 공연까지 모두 함께했다. 제이와 에델은 공연을 함께하기에 계속 같이했지만, 윤후는 그래도 아쉬웠다.

주방에서 지켜보고 있는 은주를 향해 고개를 돌렸다.

"아줌마는요? 같이 영국 가실 거죠?"

"나? 미안해서 어쩌지? 윤후 공연하면 계속 해외 돌아다닐 거 같아서 따로 볼일을 만들었는데. 좀 있으면 자원봉사 모집할 기간이거든."

"아……!"

은주마저 못 간다는 말에 윤후는 시무룩했다. 하지만 무슨 이유로 자원봉사를 한다는 것인지 알기에 이번에도 말리지 못했다.

그런 윤후의 모습에 정훈이 팔을 윤후의 어깨에 올리며 말했다.

"공연 잘해. 론도 약속했고 아줌마도 약속했어."

"뭘요?"

"아들 마지막 투어 한국에서 하니까 투어 끝나고 우리 집에서 파티하기로. 우리끼리. 하하! 파티를 즐겁게 하려면 아들이 이렇게 풀이 죽어서야 되겠어? 사람들이 공연이 지금까지처럼 훌륭하다고 말해줘야 파티를 기분 좋게 하지. 안 그래?"

기만히 생각하던 윤후는 정훈의 말이 맞다는 듯 고개를 끄덕거렸다.

"한국 도착하면 바로 전화할 테니까 걱정하지 말고, 공항까지 배웅 못 한다고 미안해하지도 말고. 알았어?"

"네, 알았어요."

* * *

이틀 뒤, 영국에서 있을 공연 연습을 위해 저번과 같은 체육관에 있던 윤후는 연습 중에 휴식을 취했다. 그리고 휴식을 취할 때마다 앤드류를 보며 언제나 같은 질문을 했다.

"도착하셨대요?"

윤후의 질문에 앤드류는 시간을 확인하더니 말했다.

"도착하셨을 겁니다. 앤더슨이 한국까지 따라갔으니 걱정하지 마시죠. 곧 연락 올 겁니다."

회사 직원이 한국까지 따라갔다는 얘기를 들었기에 그나마 안심이 되었다. 그때 앤드류의 휴대폰이 울렸고, 앤드류는 그

것 보라며 윤후에게 휴대폰을 살짝 들어 올려 보여주고 통화 버튼을 눌렀다.

"잘 도착했습니까?"

질문을 던진 앤드류였지만 전화 너머로 굉장히 시끄러운 소리가 들려왔다. 앤더슨의 말소리조차 제대로 들리지 않을 정도로 요란한 소리에 앤드류는 의아한 얼굴로 전화를 쳐다봤다. 그때 기다리던 대답이 들렸다.

—큰일 났습니다. 지금 공항에 도착했는데 빠져나갈 수가 없습니다

"그게 무슨… 무슨 일인지 차분히 말씀하세요. 왜 빠져나갈 수가 없다는 겁니까?"

—기자, 기자들하고 팬들이 엄청나게 나와 있습니다! 공항에서 안전요원들을 붙여줬지만 너무 부족합니다.

"알겠습니다. 잠시만 기다려요. 곧 연락드리겠습니다."

앤드류는 전화를 끊자마자 윤후에게는 설명도 하지 않고 곧바로 회사에 전화를 걸었다. 그러자 회사에서는 곧장 한국에 있는 경호팀을 공항으로 보낸다고 했다.

그 말을 듣고서야 앤드류는 한국의 기사들을 알아보라 하고 전화를 끊었다.

설마 윤후 본인도 아니고 윤후의 가족과 이진술을 취재하기 위해 많은 사람들이 나올 줄은 생각지도 못했다. 앤드류는

깊은 한숨을 내뱉고 자신을 보고 있는 윤후에게 상황을 설명했다. 하지만 직접 본 것이 아니기에 제대로 설명할 수 없었고, 윤후는 걱정이 가득한 얼굴로 변했다.

그때 앤드류의 휴대폰으로 회사에서 보내온 자료가 도착했다.

〈세계의 가수 후의 아버지, 국민 아버지 한국에 돌아오다〉

〈우리 후, 건강합니다〉

마치 인터뷰라도 한 듯 보이는 기사가 수두룩했다. 게다가 관심은 정훈이 끝이 아니었다.

미국의 토크쇼에 본의 아니게 출연한 이진술조차 관심의 대상이었다.

어떻게 윤후와 인연을 만들었고, 왜 미국에 초대받았냐는 질문에 정말 그럴싸한 답변이 달려 있었다. 그걸 본 앤드류는 다시 전화를 걸었다.

"지금은 어떻습니까?"

—아, 안 그래도 전화드리려고 했습니다. 후 씨 공연에서 본 연두색 옷을 입은 분들이 잔뜩 나와서 길을 만들어주셨습니다. 그래서 지금 차를 타고 이동 중입니다.

"하, 혹시 인터뷰했습니까?"

—지나가면서 가볍게 대답하긴 하셨습니다. 제가 좀 뒤늦게 막았습니다. 죄송합니다.

안 좋게 나온 인터뷰 내용이 없기에 다행이라고 생각한 앤드류는 안도의 한숨을 뱉고 말을 이었다.

“댁으로 가지 말고 곧바로 호텔로 가세요. 금방 연락드리겠습니다.”

앤드류는 전화를 끊고 윤후를 바라봤다. 상당히 걱정하고 있는 얼굴이었기에 곧바로 상황을 전달했다.

“덥덥이들의 도움으로 공항에서 나오신 것 같습니다.”

“네. 그런데 왜 호텔로 가라고 하신 거예요?”

“댁에 가셔도 당분간 취재 요청 때문에 피곤하실 거라고 생각했습니다.”

이해한 윤후는 앤드류의 조치가 만족스러웠다. 앤드류가 이어 말했다.

“아버님이 머무실 집을 알아보겠습니다. 한국에도 경비가 제대로 되는 주택들이 있는 걸로 알고 있습니다.”

“왜요?”

앤드류는 되묻는 윤후의 질문에 옅은 미소를 지으며 대답했다.

“후 씨가 한국으로 돌아가시게 되면 반드시 필요할 겁니다. 직접 느끼지 않았습니까?”

윤후는 공연을 하면서 스스로의 인기를 제대로 느끼고 있었다.

공연장으로 향하는 거리마다 자신의 얼굴과 음악이 나왔고, 수많은 사람들이 자신의 공연을 보러 오는데 모를 수가 없었다.

정훈도 취재하겠다고 기자들이 몰리는데 자신이 한국으로 갔을 때의 상황은 보지 않아도 알 것 같았다.

"아빠한테 물어봐야 할 것 같아요."

그때 마침 윤후의 휴대폰으로 정훈이 전화를 걸어왔다. 윤후는 급하게 통화 버튼을 눌렀다.

"아빠, 괜찮으세요?"

—어? 괜찮지. 휴, 아들이 인기 스타라 피곤하네. 어르신도 괜찮으니까 걱정하지 말라고 전화했어.

"네."

—그런데 오자마자 호텔로 가라네. 집에 가서 네 엄마한테 오랜만에 인사해야 하는데. 하하!

정훈의 말에 윤후는 순간 아차 싶었다. 한국에서 살고 있는 집을 아빠가 얼마나 소중하게 여기는지 알고 있었다. 엄마와의 추억이 담겨 있는 집이기에.

윤후는 어떤 말도 꺼낼 수 없었다. 그저 죄송하다는 생각뿐이었다.

엄마에게 너무나 미안한 마음에 고개가 절로 숙여졌다. 누구보다 가까운 사람이고 그리운 사람임에도 항상 뒷전이었다.

지금도 엄마의 추억은 생각도 않고 있었다. 정훈은 통화 중임에도 윤후가 아무런 말도 하지 않고 있자 이상함을 느꼈는지 윤후를 달랬다.

—아빠 걱정했어? 정말 괜찮다니까. 그런데 호텔보단 라온으로 가는 게 편할 거 같은데. 하하! 아들이 그렇게 해달라고 말 좀 해줄래? 이 사람이 앤드류 씨 말이라고 무조건 호텔로 간다네.

정훈의 장난스러운 말에 윤후는 가볍게 고개를 끄덕였다.

*　　　*　　　*

김 대표는 갑자기 회사로 온 정훈을 물끄러미 봤다.

미국에서 본 지 얼마 안 됐기에 왜 회사로 왔는지 이해가 되지 않았다.

게다가 이진술도 집으로 가지 않고 짐까지 들고 회사로 왔다.

"며칠 쉬다 오셔도 되는데… 뭘 한국으로 오시자마자 회사부터……."

"대표님, 죄송하지만 당분간 경비실에서 좀 묵어야 할 것 같네요."

"…네? 갑자기 왜 경비실에서……?"

경비실에 머문다는 이진술을 의아한 얼굴로 볼 때 정훈이 웃는 얼굴로 말했다.

"지금 집으로 갈 상황이 아니라서요. 호텔보다는 이곳이 편할 것 같아서 이곳으로 왔습니다. 하하!"

"네, 뭐… 여기 계셔도 되긴 하는데……."

김 대표의 말이 끝나기 무섭게 정훈이 이진술을 데리고 라온 3층 휴게실에 위치한 윤후의 방에 짐을 놓고 나왔다.

그 모습을 어리둥절한 얼굴로 보고 있던 김 대표는 짐을 놓고 나온 정훈의 설명을 듣고서야 이해했다.

하지만 머리로는 이해하지만 굳이 여기에서 지낼 필요가 있을까 싶었다.

"저… 아버님, 윤후 회사에 얘기하면 기가 막힌 집을 구해줄 텐데요?"

"하하, 집은 괜찮습니다. 우리 집도 있는걸요. 시간이 지나면 좀 조용해지겠죠."

김 대표는 당당한 정훈의 말에 그런가 생각했지만 절대 그럴 리가 없었다. 가뜩이나 윤후의 집을 가본 김 대표로서는 정훈이 사태를 제대로 인지하지 못하는 것으로 보였다.

그래서 조심스럽게 다시 입을 열었다.

"윤후가 한국에 돌아와도… 지금 사시는 그 집에서 계속 사실 겁니까?"

"당연하죠. 우리 집인데."

"아이고! 아버님! 무슨 큰일 날 소리를! 큰일 납니다! 큰일 나요!"

김 대표는 본인의 일도 아닌데 손까지 저으며 안 된다고 말했다. 그러자 정훈이 멀뚱히 김 대표를 봤고, 김 대표는 팔짱을 끼고 비밀 얘기라도 하는 듯 조용히 말했다.

"윤후가 한국에 오면 어떨 거 같습니까?"

"그야… 사람들이 좋아하겠죠?"

"좋아하는 정도가 아닙니다. 팬들부터 취재진까지 매일같이 윤후를 따라다닐 텐데, 그러다 보면 지금 사시는 집이 노출되는 건 금방입니다. 예전에 들으셨죠? LA에 있는 집, 팬들이 알아내서 파파라치 붙었다고……."

정훈이 고개를 끄덕이자 김 대표는 설명을 이었다.

"지금 사시는 그 집은 너무 경비가 허술해요. 편안하게 휴식을 취해야 할 텐데 윤후가 한국에 돌아오면 휴식을 제대로 취할 수 있겠습니까? 그렇다고 아버님이 혼자 거기 계시면 아버님이 귀찮은 건 둘째 치더라도 제가 아는 윤후라면 아버님을 혼자 있게 하진 않을 것 같은데요. 그렇다고 윤후와 아버님을 저희 회사에서 살게 할 수도 없고요."

김 대표의 말에 정훈은 심각한 얼굴로 변했다. 생각해 보지 않은 문제였는데 김 대표의 말을 들어보니 모두 맞는 것 같았다. 정훈은 자신도 모르게 한숨을 내쉬었다.

* * *

정훈이 걱정되지만 정해진 스케줄이 있었기에 윤후는 영국 런던에 도착했다.

아직 공연까지 일주일이라는 시간이 남았지만, 무대를 같이 할 가수들과 '빈센트'를 부를 일반인과의 연습을 해야 했다.

앤드류는 아무래도 해외이다 보니 윤후의 경호에 좀 더 신경을 쓸 수밖에 없었다.

그럼에도 하루가 멀다 하고 각종 잡지와 인터넷에 멀리서 찍은 윤후의 사진이 수시로 올라왔다. 노출될 장소라고는 호텔 로비나 주차장이 전부였기에 그 장소에서만큼은 윤후가 노출되지 않도록 신경을 썼지만 소용없었다.

그리고 그것이 문제가 되는 이유는 얼마 전 정훈이 한국으로 돌아간 뒤부터 그늘이 보이는 윤후의 얼굴 때문이었다.

물론 연습은 기계처럼 완벽하게 하고 있었기에 공연이 걱정되지는 않았지만, 윤후라는 사람 자체가 걱정되었다.

평소라면 고민이 있더라도 사생활이기에 물어보지 않았을

앤드류가 가만히 무대를 보고 있는 윤후에게 질문을 던졌다.

"무슨 일인지 말씀해 주시면 해결해 드리도록 하겠습니다."

그 말에 윤후는 앤드류를 향해 고개를 돌렸다. 한참을 말 없이 얼굴을 바라보다가 이내 한숨을 내쉬며 아니라는 듯 고개를 저었다.

"아버님이 걱정되십니까? 그런 거라면 걱정하지 않으셔도 됩니다. 지금 머무실 집을 알아보고 있습니다."

"그런 거 아니에요. 그냥 미안해서 그래요."

말을 할 것 같은 윤후의 모습에 앤드류는 소용히 윤후의 옆으로 앉았다.

"아버님도 분명 좋아하실 텐데, 후 씨가 미안해할 일이 아닙니다."

"아빠 말고요. 됐어요. 집은… 하, 됐어요. 연습이나 해요."

말을 하다 만 윤후는 다시 연습을 위해 무대에 올랐고, 앤드류는 윤후의 뒷모습을 물끄러미 바라봤다. 이유는 말하지 않지만 윤후답지 않게 집에 대해서 민감하게 반응하는 모습이었다.

Chapter 5
아빠의 마음II

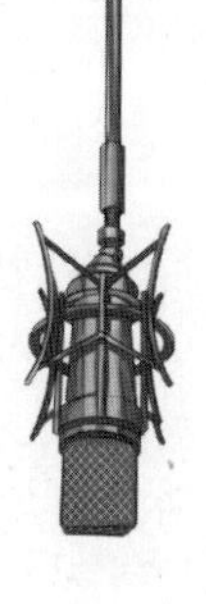

라온의 휴게실에 있는 정훈은 며칠 동안 생각을 해봤지만 쉽게 결정을 하지 못했다.

혼자라면 생각해 볼 가치도 없는 문제였지만, 윤후가 있다 보니 자기 마음대로 결정하기 어려웠다.

"하, 자식이 결혼이라도 하면 좋을 텐데……."

"어유! 형님, 무슨 그런 위험한 소리를!"

어느새 김 대표에게 형님이 되어버린 정훈은 깊은 한숨을 내쉬었다. 며칠 동안 김 대표와 상의했지만 뚜렷한 해결책이 없었다.

윤후와 가끔 통화해도 집에 대한 얘기 자체를 꺼내지 않았기에 자신이 먼저 꺼내는 것도 우스웠다.

"형님, 그럼 그냥 그 집은 남겨두시면 되잖습니까?"

정훈은 씁쓸하게 웃으며 말했다.

"차라리 이사를 가고 말지. 사람이 살아야 집이지, 혼자 있으면 얼마나 외롭겠어."

"형님도… 귀신 보는 건… 아니시죠?"

정훈은 김 대표의 반응에 피식 웃었다. 그러고는 TV에 나오고 있는 윤후를 쳐다봤다.

—지금 보시는 사진들은 파파라치들이 찍은 것입니다. 이게 말이나 됩니까? 후가 스타이기 이전에 사람인데 일거수일투족을 감시하는 것처럼 사진을 찍어댄다면 이거 사람이 어떻게 살라는 겁니까?

차에 올라타거나 호텔 로비에서 찍힌 사진들을 가지고 패널들이 마치 회의를 하듯 심도 있게 다루고 있었다.

"지네나 잘하지. 내가 하면 로맨스고 남이 하면 불륜이지. 안 그렇습니까, 형님?"

"왜? 다 우리 윤후 걱정해서 하는 소리인데."

"저게 무슨 걱정입니까. 지네 시청률 올리려고 하는 짓들인데. 저기 MBS죠? 지금 회사 밖에 있는 놈들 중에 MBS도 있을 겁니다. 어휴!"

김 대표의 말대로 방송에서는 윤후를 옹호하고 있지만, 그것을 이용하는 것도 느껴졌다.

인터넷에 도는 윤후의 사진을 일일이 소개하는 모습만 봐도 충분히 알 수 있었다.

그리고 며칠 동안 올라온 비슷한 내용의 기사들 때문에 정훈의 고민은 더욱 깊어갔다.

그때, 휴게실 문을 열고 최 팀장이 들어왔다.

"왜? 무슨 일 있어?"

"아닙니다. 앤드류 씨가 아버님께 물어봐 달라고 한 게 있어서 왔습니다."

최 팀장은 정훈의 앞에 앉더니 고개를 갸웃거리며 물었다.

"앤드류가 그러던데, 혹시 아버님 집에 무슨 일이 있는 겁니까?"

"…네?"

"윤후 컨디션이 좀 안 좋은 것 같다고 그러네요. 집과 관련된 문제 같은데 아버님은 혹시 아시나 해서 여쭤봐 달라고 했습니다."

정훈은 아차 싶었다. 통화 중 자신과 한 대화 내용 중에 분명 집에 관련된 얘기는 없었다. 하지만 한국에 온 첫날 아내에 대해 얘기한 것이 떠올랐다. 아무렇지도 않게 뱉은 말이었지만 그것이 분명 윤후에게 심경의 변화를 일으킨 것만 같았다.

정훈은 곧바로 전화를 꺼내 들고 윤후에게 전화를 걸었다.

—네, 아빠. 아침부터 무슨 일 있으세요?

"아, 여긴 저녁 다 돼가는데… 자고 있는데 깨운 거야?"

—아니요. 이제 아침 먹고 연습하러 가려고요.

"어유, 열심이네. 그런데 아들, 아빠가 물어볼 게 있어서 전화했어."

정훈은 전화기를 손으로 가리고 숨을 고른 다음 입을 열었다.

"이사를 가려고 그러거든. 언제까지 라온에서 지낼 수 없으니까. 어디가 좋을까?"

—이사요?

"그래, 이사. 아빠가 돈이 많지 않아서 네가 보태야 해. 하하! 너 때문에 이사 가야 하니까. 하하!"

김 대표는 정훈이 갑작스럽게 마음이 변한 이유를 짐작했다. 아들의 문제였기에 자신이라도 그런 선택을 했을 것이다. 큰 소리를 내며 웃고 있지만 허전한 듯 느껴지는 정훈의 얼굴에 김 대표는 자리를 비켜주려고 소파에서 일어섰다.

휴게실에 혼자 남게 된 정훈은 씁쓸한 미소를 지으며 윤후의 대답을 기다렸지만 아무런 말이 들리지 않았다. 안 봐도 머뭇거리고 있다는 것을 느낀 정훈은 목을 가다듬고 말했다.

"왜 그러는데? 이사 가기 싫어? 아빠도 아들 덕에 뉴욕 아파트 같은 데서 좀 살아보자. 하하!"

—그런 게 아니라… 엄마…….

"엄마가 뭐? 자식이… 이사 간다고 엄마랑 안녕이야? 엄마 짐도 다 들고 갈 건데? 그리고 아들, 아빠는 뉴욕에 갈 때도 항상 엄마랑 같이 있다고 생각했는데 아들은 아닌가 봐? 이거 우리 수미가 알면 속상하겠는데?"

—아니에요!

"하하, 지금 아빠한테 소리친 거야?"

—아니에요. 앤드류 씨하고 말해볼게요. 조금만 기다려 주세요.

정훈은 끊긴 전화를 보며 조금 전까지 크게 웃던 것과 달리 스스로를 위로하려는지 씁쓸한 웃음을 지었다.

* * *

MfB의 일 처리는 상당히 빨랐다. 곧바로 집을 구했다며 바로 입주 가능하다고 알려왔다.

강남구청에서 가까운 아파트였고, 연예인들이 많이 살기에 보안이 상당히 좋을뿐더러 집도 굉장히 넓었다. 하지만 정훈이 먼저 향한 곳은 그 아파트가 아닌 전에 살던 집이었다.

라온에서 나오자마자 따라붙는 차들이 있었지만, MfB에서 보낸 경호원들과 함께 이동했기에 번거로운 일은 겪지 않았다.

그저 윤후는 이런 일을 매일같이 겪고 있겠단 생각이 들었다. 그리고 어느새 집에 도착했고, 오랜만에 보는 집 풍경이 눈에 들어왔다.

넓거나 멋지지 않고 주택들 사이에 끼어 있는 작은 집이었다. 그래도 그 집을 처음 장만했을 때 아내와 서로를 축하해 주며 파티까지 연 기억이 새록새록 떠올랐다.

집에서 세 가족이 함께한 추억을 떠올리던 정훈은 미소를 짓고 경호원들에게 잠시 기다려 달라고 말하곤 집 안으로 향했다.

아직 집을 내놓은 것은 아니지만 당분간 오지 못할 것이기에 정훈은 곧장 팔을 걷어붙이고는 창문부터 열었다.

뉴욕에 꽤 오래 있었기에 먼지가 많이 쌓여 있어 청소부터 시작한 정훈의 이마에 땀이 맺혔다.

청소를 어느 정도 마친 정훈은 소파에 앉아 집을 둘러봤다.

"우리 아들, 굉장해. 보고 있지?"

정훈은 별다른 말을 하지 않았다. 그저 TV 옆에 놓인 사진을 물끄러미 쳐다볼 뿐이었다. 한참을 쳐다보던 정훈은 곧장 아내와 함께 머물던 방으로 들어갔다.

윤후에게 보이진 않았지만 평소에도 아내의 남겨진 옷들을 보곤 했다. 지금도 그럴 생각으로 장롱 문을 열고 아내가 즐겨 입던 옷들을 쓰다듬었다.

한참을 그러고 있던 정훈은 장롱 밑에 놓인 상자를 꺼냈다. 연애 시절 자신이 보낸 편지를 버리지 않고 고이 간직해 놓은 상자였다.

아내가 죽은 뒤 몇 번인가 열어봤지만, 연애 시절이었기에 상당히 부끄러운 말이 많아 스스로 멋쩍어 전부 읽지 못했다.

전부는 못 읽겠지만 이왕 열어본 거 몇 개만 읽어볼까 하고 상자를 열었다.

그렇게 자신이 쓴 편지를 읽어보려 할 때, 함께 온 김 대표가 현관문 앞에서 소리쳤다.

"형님, 멀었어요? 어차피 또 올 텐데 간단히 짐만 챙기세요!"

"어, 그래. 금방 나가."

정훈은 자신 때문에 기다리는 사람이 있다는 것을 떠올려 상자를 들고 곧바로 자리에서 일어섰다. 그러고는 씁쓸한 미소를 지으며 장롱 문을 닫고 방을 나섰다.

*　　　　*　　　　*

정훈은 MfB에서 준비해 준 집에 들어섰다. 언제 가구까지 들여놨는지 집에서 가구들을 들고 올 필요도 없어 보였다. 들고 온 상자를 거실 탁자에 올려놓고 소파에 앉아 천천히 집을 둘러봤다.

"허, 완전 좋네. 와, 형님, 여기 뷰 보세요. 엄청납니다."

"윤후가 뉴욕에서 살고 있는 아파트는 여기보다 훨씬 좋던데?"

김 대표는 정신없이 집을 둘러보며 감탄했지만 정훈은 별 감흥이 없었다. 이렇게 큰 집에 혼자 있어야 할 생각을 하니 벌써부터 집이 휑해 보였다.

그렇지만 해외에 있는 윤후도 은주 없이 지내고 있기에 자신과 마찬가지일 거라고 생각하고는 곧장 김 대표를 불렀다.

"김 대표, 나 사진 좀 찍어줘. 윤후한테 보내주게."

"아하, 그러네요."

정훈은 김 대표가 찍어준 사진을 곧장 윤후에게 보냈다. 아직 연습을 하는지 답장은 오지 않았다. 사진을 찍어준 뒤 한참 동안 얘기하던 김 대표가 자리에서 일어섰다.

"벌써 가려고?"

"가야죠. 어르신도 모시고 와야죠."

"아, 짐 다 챙기셨대?"

"몰라요. 아까 두식이 말 들어보니까 기타가 엄청 많대요. 아까까지 그거 먼지 털고 있었대요. 어르신 형님분 기타겠죠?"

"그렇겠지. 바로 모시고 와줘. 고마워."

이진술도 정훈과 마찬가지로 언론에 노출된 상태였기에 정훈이 먼저 함께하길 권했다. 사양하던 이진술도 결국 당분간이라는 조건을 내걸었지만 승낙했다.

필요한 짐을 챙기러 원래의 집으로 향했고, 잠시 후면 이곳에 도착할 예정이다.

김 대표가 가고 난 뒤 혼자 남은 정훈은 가만히 상자를 바라봤다. 상자를 열자 자신이 보낸 편지가 보였고, 그 편지에는 차례대로 번호가 매겨져 있었다.

손편지를 좋아했기에 직접 쓴 편지가 수백 통이 넘었다.

지금까지는 스스로 멋쩍어 기껏해야 몇 통 읽다 말았다.

하지만 이번에는 제일 위에 놓인 첫 번째 편지부터 꺼내 들었다.

사랑하는 수미 씨.

어제 봤는데도 수미 씨의 얼굴이 그리워 펜을 들었습니다. 식사는 하셨는지요? 너무 말라서 수미 씨를 볼 때마다 너무 걱정됩니다.

그래서 말인데… 제가 알아낸 곱창집이 있는데, 곱창 좋아하십니까?

"어우! 나 왜 이랬냐."

정훈은 몇 번 봤음에도 자신이 쓴 편지가 너무 오글거려 잠시 고개를 돌렸다. 그래도 옛 생각에 기분이 좋아 머리를 긁적이곤 다시 편지로 고개를 돌렸다.

하지만 대부분이 비슷한 편지였다. 시간이 흐를수록 탁자 위에 편지가 쌓여갔고, 해가 진 후에도 정훈은 계속해서 편지를 읽어갔다.

"103번부터가 결혼해서구나."

편지의 말투는 편하게 바뀌었지만, 오글거림은 변하지 않았다. 스스로 생각해도 어떻게 이런 편지를 썼는지 의아할 정도였다.

그렇게 한참을 읽은 정훈의 손에 새로운 편지가 들렸다. 다른 건 잘 기억나지 않지만, 지금 이 편지는 확실히 기억했다.

아내가 암 진단을 받고 난 뒤 병원에 있는 아내를 웃게 해주려고 쓴 편지였다.

이 편지는 그 전에 본 편지들과 다르게 지금까지 한 번도 열어보지 못했다.

한참이나 멍하니 있던 정훈은 고개를 끄덕이고 편지를 꺼냈다.

그 편지를 본 정훈은 첫 글자에 숨이 가빠졌다. 자신의 글씨 위에 익숙한 글씨가 보였다.

사랑하는 수미야.

—사랑하는 신랑.

정훈의 볼에 금세 눈물이 흘러내렸다. 흐르는 눈물 때문에 편지를 볼 수 없던 정훈은 눈물을 닦다가 혹시라도 편지가 젖지는 않을까 싶어 조심스럽게 내려놓았다.

흐르는 눈물은 닦고 닦아도 계속 흘러내렸고, 한참이 지나서야 조금 진정되었다.

몇 번이고 심호흡을 하고 나서 다시 편지를 들어 올렸다.

병원에 있어서 심심할까 봐 일하는 도중에 편지 쓰는 거야.

—고마워. 정말 심심했는데… 그런데 오빠, 글씨 너무 못 써.

정훈은 눈물이 가득한 얼굴로 미소를 짓고 다시 편지를 읽어나갔다.

난 걱정 안 해. 건강해질 게 틀림없으니까. 그러려면 밥도 좀 잘 먹고 해야 될 텐데…….

—고마워. 밥 잘 먹을게. 아, 우리 예전에 갔던 곱창집 가고 싶다.

어느덧 소리까지 내며 울었다. 편지를 읽으면 읽을수록 옛 생각이 떠올랐고, 아내가 남긴 편지에는 대부분 옛 추억이 그립다는 얘기가 많았다.

그럼에도 병원에 있느라 들어주지 못한 안타까움이 지금 정훈을 더욱 슬프게 만들었다.

처음 자신이 쓴 편지와 다르게 아내가 쓴 편지는 한 글자, 한 글자 전부 머릿속에 담기라도 하려는 듯 천천히 읽어 내려갔다. 아내의 편지에는 윤후에 대한 얘기가 상당히 많았고, 윤후를 걱정하는 아내의 마음이 느껴졌다.

"이제 걱정하지 않아도 돼."

아내의 편지에 직접 대답해 가며 편지를 끝까지 읽은 정훈이 조심스럽게 그 편지를 내려놓고 다른 편지를 잡았다.

편지라기보다는 색종이 같은 종이에 무엇인지 알아볼 수 없는 그림이 그려진 편지였다.

당연히 자신이 쓴 편지는 아니었고, 윤후가 엄마에게 쓴 편지일 것이다.

정훈은 가만히 그 편지를 보다가 펼쳐보았다.

윤후가 쓴 편지 아래에 아내가 윤후에게 길게 쓴 편지가 보였다.

Chapter 6

집 장만

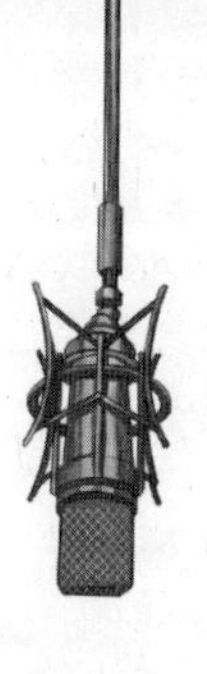

아내가 윤후에게 쓴 편지를 모두 읽은 정훈은 고개를 끄덕였다. 그 편지를 조심스럽게 다시 봉투에 담아 탁자 위에 올려놓고선 하염없이 바라봤다.

딩동.

초인종 소리에 시간을 확인한 정훈은 시간이 오래 흐른 것을 확인하고는 곧바로 현관문을 열었다.

"형님, 짐 어디다… 어? 우셨어요? 눈이 엄청 빨간데요?"

"응? 아니야, 아니야. 그 짐 이리 줘. 어르신, 들어오세요."

김 대표는 고개를 갸웃거리며 정훈을 살폈고, 이진술은 함께 지내는 것이 미안한지 어색한 미소를 지으며 인사했다. 그런 이진술의 모습에 정훈은 혹시 자신의 표정 때문에 오해할 수 있겠다는 생각이 들어 힘겹게 미소를 지었다.

"들어오세요. 당분간 같이 살 집이네요. 상당히 넓죠?"

"그러네요. 이렇게까지 신경 안 써주셔도 되는데……."

정훈도 집에 와서 편지부터 봤기에 집 구조를 제대로 알지 못했다. 세 사람은 같이 집을 살폈고, 서로가 쓸 방을 정하고 나서야 거실로 나왔다.

"형님, 이거 아까 집에서 들고 오신 거 아니에요? 전부 편지 같은데?"

정훈은 김 대표의 질문에 머쓱해하며 편지들을 담고 상자의 뚜껑을 닫았다. 아내가 윤후에게 쓴 편지만 따로 빼놓은 정훈은 김 대표를 보며 물었다.

"윤후, 한국 공연이 언제지?"

"내년 2월 1일이에요."

"그럼… 한 일주일 전에는 한국에 오겠지?"

"그럼요. 지금까지 공연하는 나라에서 연습했으니까요. 근데 윤후한테 직접 물어보시지… 왜 그러시는데요?"

"아, 아니야. 집이 너무 휑해서 윤후라도 있어야 사람 사는 집일 거 같아 물어본 거야."

"하하, 그럼 저도 여기 와서 살까요?"

김 대표의 장난스러운 말에 정훈은 미소를 지었다. 그러고는 손에 들고 있는 편지를 보며 고개를 끄덕거렸다.

*　　　　*　　　　*

윤후는 정훈이 보내온 사진을 확인했다. 예전 집과 비교할 수도 없이 좋아 보였고, 정훈도 만족해하는 얼굴이었다. 그럼에도 정훈을 보는 윤후의 얼굴에는 미안함이 보였다.

"마음에 안 드시면 다른 곳으로 알아보겠습니다."

"아, 아니에요. 감사합니다."

앤드류의 말에 고개를 저으며 대답하고는 다시 생각에 잠겼다. 어릴 때여서 그런지 엄마와의 추억보단 아빠와 영혼들과의 추억이 깃든 집이었다. 엄마에 대한 추억을 떠올리려 했지만, 사실 잘 기억이 나지 않았다. 그래서 더 미안한 마음이 드는 윤후였다.

"저… 그럼 이제 원래 살던 집에서 살기 어렵겠죠?"

"음, 제가 직접 가보진 않았지만 아버님과 동행한 직원의 말로는 주택이 몰려 있어서 보안이 상당히 취약해 보인다고 하더군요. 아마 힘들 거 같습니다."

앤드류는 그동안 윤후를 봐오면서 이번만큼 얼굴에 근심이 오래가는 경우를 보지 못했다. 기계처럼 공연 연습은 하고 있지만 연습을 마치고 나면 마치 자책하는 얼굴로 변하는 통에 걱정되었다.

게다가 비슷한 질문을 자주 하는 윤후였기에 앤드류는 한국에 있는 집 때문이라는 것을 어렴풋이 느끼고 있었다. 결국 더 이상 보고만 있을 수는 없어서 앤드류는 생각하던 것을 윤후에게 물었다.

"죄송합니다만, 추억이 많은 집입니까?"

어렵게 질문했음에도 윤후는 그저 한 번 쳐다보고 말았다. 앤드류는 다시 한번 평소의 자신답지 않은 질문을 했다.

"어머니와의 추억이 깃든 집입니까? 그럼 제가 방법을 강구해 보겠습니다."

앤드류도 윤후의 가족이 정훈뿐이라는 것을 알기에 던진 질문이었다. 고된 스케줄을 진행해야 하기에 윤후의 근심을 빨리 해결하려는 마음도 있었지만, 무엇보다 며칠째 보지 못한 윤후의 웃는 모습이 보고 싶은 마음이 더 컸다. 그러자 그 질문이 정답이라는 듯 윤후가 고개를 들고 빤히 쳐다봤다.

"저 자폐증이었던 거 아시죠?"

"네, 알고 있습니다."

"그래서 그런지… 사실 엄마와의 추억에 대한 기억은 별로 없어요. 그냥 병원에 다닌 것만 어렴풋이 기억나요."

"자폐증이라서 그런 게 아닙니다. 어린 시절을 제대로 기억하는 사람이 특별한 겁니다. 지극히 정상입니다."

윤후는 항상 옳은 말만 하는 앤드류의 말을 들으니 정말 그럴 거란 생각이 들었다. 약간은 마음이 가벼워졌고, 앤드류를 보며 질문했다.

"그 집에서 살 방법이 없을까요? 저한테도 그렇지만 아빠한테도 소중한 집이에요. 저 때문에 이사한 것 같아서요."

이미 여러 번 생각했지만 무리였다. 사생활 노출은 둘째 치더라도 침입하겠다고 마음먹으면 언제든지 들어갈 수 있을 것처럼 보였다. 윤후가 지금 굉장한 인기를 얻고 있기에 분명 과격한 팬들도 있을 것이고, 그런 팬들이나 혹은 반감을 갖고 있는 사람들이 무슨 짓을 할지 몰랐다.

그래서 앤드류는 머리로는 분명 안 된다는 것을 알지만, 조금은 근심이 풀린 얼굴로 자신을 보고 있는 윤후의 눈빛 때문에 머릿속과는 전혀 다른 대답을 했다.

"알아보겠습니다. 걱정 마시죠."

* * *

MfB 본사에 남아 있던 윤후의 팀원들은 갑작스러운 앤드류의 지시에 머리를 맞대고 있었다.

"그러니까 여기가 후 씨가 살던 집이란 거지?"

"할렘가 같은데… 집들이 뭐 이렇게 다닥다닥 붙어 있어?"

"할렘가 아닐걸? 한국은 보통 이렇대. 그래도 우리 후 씨 집이라고 하기엔 너무 허름해 보이네."

다들 서울에서 보내온 사진을 보며 각자의 생각을 말했다.

"여기서 보안을 높이는 건 집 앞에 경호원을 배치하는 거 말고는 없을 거 같은데……."

"말이 되는 소리를 해라. 이 옆집에도 사람이 살고 있다며. 톰, 너도 의견 좀 말해 봐."

톰이라는 사람은 테이블에 놓인 여러 장의 사진들을 한참이나 보더니 입을 열었다.

"예산은 신경 쓰지 말고 방법을 강구하라고 그랬으니까 후 씨 집이 포함된 블록을 싹 다 사들이는 건 어떨까요?"

다른 팀원들은 말도 안 되는 소리에 괜히 물어봤다는 얼굴을 하고 자신들끼리 대화를 이어나갔다. 그럼에도 마땅히 좋은 대안은 떠오르지 않고 같은 대화만 맴돌았다.

"그 동네 다 사고 펜스 치고 경호원 놓고 하면 끝나죠. 그거 말고 더 좋은 방법은 없을 것 같은데."

"톰, 넌 그냥 나가 있어."

"왜요?"

"그 블록을 산다면 살 순 있겠지. 그다음은? 사람들이 고운 시선으로 볼까? 할렘가 같다며? 그런 동네에 집을 다 허물고 후 씨 집만 떡하니 있으면 사람들이 뭐라고 그러겠어?"

"크흠, 그럼 뭐… 집을 떠다 옮겨놓을 수도 없잖아요."

"야, 너 나가 있어."

회의를 주도하던 앤더슨은 툴툴거리며 나가는 톰을 보며 얼굴을 찌푸렸다. 그러고는 테이블 위에 있는 사진을 쳐다봤다.

골목 전체를 찍은 사진이었고, 많은 집 사이에 윤후의 집이 끼어 있는 사진이었다.

그 사진을 한참이나 보던 앤더슨은 조금 전 회의실을 나산 톰이 한 말을 떠올렸다. 한참이나 생각한 후 팀원들에게 질문했다.

"…이대로 옮길 수 있나?"

"조립식 건축물도 아닌데… 무리죠."

"그럼 이렇게 똑같이 만들 순 없나?"

"그건 가능하겠죠. 그런데 뭐 하려고 이렇게 촌스럽게 만들어요."

"소중한 집이라잖아. 가능한지 아닌지만 알아보자."

팀원들은 앤더슨의 지시대로 움직이기 시작했고, 한참 뒤 여러 건축 사무실에 알아본 결과 가능하다는 말을 들었다.

하지만 블록 전체를 똑같이 구현하려면 생각보다 시간이 오래 걸린다고 했다. 그래도 지금 이 방법보다 나은 방법이 떠오르지 않았기에 앤드류에게 보고하기 위해 전화기를 꺼내 들었다.

*　　　　*　　　　*

보고를 받은 앤드류는 꽤 괜찮은 생각으로 느껴져 곧바로 윤후에게 말했다. 그리고 그때부터 윤후와 이상한 줄다리기가 시작되었다.

"한적한 땅을 매입해 여기 보이는 사진과 똑같이 총 열네 채의 주택을 건설할 예정입니다. 이 블록 전체에는 울타리가 세워질 예정입니다. 이대로 진행해도 되겠습니까?"

"그냥 전 저희 집만 있으면 되는데……."

"그러니까 여기 열네 채가 모두 후 씨의 집이 될 예정입니다."

"전 괜찮아요. 전 여기 가운데 있는 저희 집만 있으면 돼요."

"크흠, 네. 그러니까 그 가운데는 당연히 후 씨의 댁이고 나머지 주택들도 필요할 때 사용하시면 됩니다. 사시던 곳과 일부지만 똑같은 풍경에 아버님도 좋아하실 겁니다."

윤후가 원래의 집에 살고 싶어 하는 이유가 정훈을 배려하는 마음 때문이라는 것을 알기에 정훈도 만족할 거라 말했다.

그리고 처음부터 거절했다면 모를까 윤후도 좋은 생각인 것 같다고 했는데 계속 같은 대화가 반복되었다.

앤드류는 다른 방법을 알아봐야 하나 생각했다.

"모두가 제 집인 건 상관없는데… 그럼 왠지 소중할 것 같지가 않아서 그래요. 저랑 아빠는 딱 이만큼만 있으면 좋겠어요."

사진에서 자신의 집만 손가락으로 짚어가며 말하는 윤후였다. 앤드류도 이해는 하지만 딱 그만큼의 집을 지을 거면 원래 집에 사는 것과 마찬가지였다.

하지만 지금 더 윤후와 힘을 빼면 내일 있을 공연에 지장이 있길 수도 있다는 생각에 앤드류는 일단 물러섰다.

"알겠습니다. 알아보도록 하죠. 그럼 혹시 생각해 둔 장소는 있으십니까?"

"그런 건 없는데… 아, 아빠 공방이랑 가까웠으면 좋겠어요."

앤드류는 이제 정훈이 공방에 나가기 힘들 거라는 말은 차마 하지 못했다. 그저 알았다고 대답하고 다른 필요한 게 있는지 물었다.

"음, 회사 말고 제 돈으로 샀으면 좋겠어요. 혹시 부족하나요?"

앤드류는 어이가 없는지 헛웃음을 뱉었다. 그럼에도 아직

정산을 받지 못했기에 그럴 수 있다고 생각하며 대답했다.

"충분합니다. 알아보겠습니다. 그럼 오늘은 이만 쉬시죠."

내일 공연이 있기에 쉬라는 말을 남기고 자신의 방으로 돌아온 앤드류는 쉴 틈도 없이 곧장 회사 직원들과 화상회의를 시작했다.

* * *

다음 날, 런던 O2 아레나에서 윤후의 공연이 열렸다. 객석은 두말할 것도 없이 만석이었다. 그리고 윤후 공연의 트레이드마크처럼 되어버린 덥송이 공연 시작 전부터 윤후를 부르고 있었다.

뉴욕 공연 이후로 마치 콘서트의 시작 전 당연한 일처럼 되어버렸다. 윤후는 팬들을 진정시키려 무대에 올랐고, 앤드류도 따라나섰다. 앤드류는 무대를 보면서도 연신 휴대폰으로 팀원들의 보고를 받느라 정신이 없었다.

월드 스타 윤후의 일이다 보니 콜린에게까지 보고해야 했고, 콜린은 직접 런던으로 온다고 했다.

—사진 보냅니다. 병점역 부근으로 얼마 전까지 논으로 사용된 토지인데 지금은 비어 있습니다. 그리고 대지로 전용이 가능한 땅이라고 합니다.

논이다 보니 땅이 생각보다 굉장히 넓었다. 도로 건너편에는 아파트 단지가 들어서 있었지만 팀원들이 보낸 사진에는 그저 논뿐이었다.

하지만 앤드류가 생각하는 문제는 그것이 아니었다. 이 넓은 땅에 윤후가 살 집만 달랑 지어놓는다면 너무 눈에 튀었고, 윤후가 그 땅 전체를 또 필요 없다고 할 수도 있었다.

아무리 봐도 처음 얘기한 대로 골목을 그대로 구현하는 것이 제일 좋아 보였다. 하지만 전혀 고집을 굽히지 않는 윤후였기에 앤드류는 입맛을 다시고 무대를 바라봤다.

그동안 근심 있던 얼굴은 사라진 채 신나게 팬들과 덥송을 부르고 있었고, 그 모습에 앤드류는 자신도 모르게 피식 웃어버렸다. 그때 휴대폰이 울려 앤드류는 조용히 복도로 향했다.

"안녕하셨습니까, 미세스 조?"

—그럼요. 며칠 안 됐잖아요. 오늘 콘서트 하는 날이라서 윤후한테 전화할까 하다가 혹시 무대에 있을까 봐 앤드류한테 한 거예요.

"네, 마침 무대에 올라가셨습니다."

—조금 늦었네. 알았어요. 그럼 앤드류도 바쁠 텐데 윤후한테 콘서트 잘하라고 전해줘요.

간단한 인사 전화를 마친 앤드류가 다시 공연장으로 가려는데 메시지가 도착했다.

[윤후 공연 잘하라고 전해주세요. 론.]

다들 윤후와 친한 사람들이었고, 가끔 자신에게 연락을 해왔다. 고개를 끄덕거리며 걸음을 옮기려던 앤드류는 문득 좋은 생각이 떠올랐다.

다시 팀원들이 보낸 골목 사진을 가만히 쳐다보며 윤후가 친하게 지내는 몇 안 되는 사람들을 떠올렸다.

정훈에게 듣기로는 현재 이진술도 함께 지낸다고 했다. 하지만 현재 다들 하는 일이 있기에 직접 물어봐야 했다.

그리고 그들을 제외하더라도 상당히 많은 집이 비기에 앤드류는 그 자리에서 벽에 기댄 채 생각에 잠겼다.

"난… 가족이 있으니 제외……."

막상 윤후와 떨어질 생각을 하니 자신도 모르게 서운한 마음부터 들었다. 그러다가 관리하는 연예인에게 애정을 느끼는 것이 스스로도 신기한지 피식 웃고는 다시 사진을 들여다봤다.

하지만 빈집 채우기가 생각보다 쉽지 않았다. 혼자 고민할 때 인기척이 느껴져 고개를 돌렸다.

"아! 깜짝이야!"

언제 왔는지 자신의 뒤에 바싹 붙어서 고개만 내밀고 있는 사람이 보였다. 자신이 알고 있는 사람 중 윤후를 제외하고 가장 특이한 사람이다.

"한국 같은데… 집 사시려고요?"

당당하게 알아들을 수 없는 한국어로 얘기하는 루아였고, 앤드류는 당연히 알아듣지 못했지만 루아를 보며 고개를 끄덕거렸다.

왠지 비어 있는 집 한 채가 해결될 것 같았다. 다르게 이해하며 서로 고개를 끄덕거릴 때 익숙한 너털웃음 소리가 들려왔다.

"하하, 앤드류, 정말 많이 변했어."

"오셨습니까?"

루아는 콜린을 모르는지 전혀 신경 쓰지 않는 얼굴로 무대를 보러 공연장으로 향했고, 복도에는 둘만 남게 되었다. 그러자 콜린이 환한 미소를 지으며 말했다.

"얘기는 오기 전에 충분히 들었으니 일단 공연 좀 볼까?"

"안내해 드리겠습니다."

"됐어. 저 아가씨가 보고 있는 곳에서 보자고."

앤드류는 콜린과 함께 먼저 나간 루아의 옆에 자리했다. 루아와 눈이 마주친 콜린은 가볍게 고개를 끄덕여 인사하고는 무대를 보며 입을 열었다.

"저번에도 봤지만… 정말 굉장해."

"저도 그렇게 생각합니다."

"후뿐만이 아니야. 드럼 치는 친구? 그 친규는 조셉 씨가 입이 닳도록 칭찬하더군."

앤드류도 동의한다는 듯 고개를 끄덕였다. 그러자 콜린이 고개도 돌리지 않고 무대를 보며 말했다.

"이번 투어가 끝나면 한국으로 간다고 했지?"

"네."

"그래, 그럼 그때 맞춰서 자네도 한국에 가줬으면 하는데… 어떻겠나?"

앤드류는 콜린의 의도가 무엇인지 쉽게 이해되지 않았다.

"라온과 얘기해 봐야겠지만 이번엔 우리가 라온을 서포트해 주는 게 어떻겠나? 그리고 여기 이 친구나 드럼 친구만 봐도 충분히 알 수 있지. 그러니까, 음, K-POP 시장이 점점 커지고 있고… 자네가 MfB 한국 지사를 맡아줬으면 하네만."

앤드류는 갑작스러운 제안에 쉽게 대답하지 못했지만, 어느새 머릿속 한구석에서는 비어 있는 집 중에 어떤 집이 좋을지 고르고 있었다.

*　　　*　　　*

앤드류는 콜린에게 자세한 애기를 전달했다.

과연 콜린이라면 어떻게 받아들일지 궁금했다. 다른 집은 필요 없고 그냥 자기 집만 필요하다는 말과 그것도 자신의 돈으로 사고 싶어 한다는 말을 들은 콜린이 너털웃음을 터뜨렸다.

"그럼 우리가 그 땅을 사도록 하지. 그런 다음 후의 집만 따로 팔면 될 거 같은데… 자네 생각은 어떤가?"

"그렇게… 좋은 생각은 아닙니다. 회사 입장에서는 그곳에 땅이 필요한 이유가 없습니다."

"그런가? 어차피 집을 짓기로 한 것 같은데."

"그건… 인적이 드물면서 주변 경계가 용이한 장소를 찾다 보니……."

"그럼 거기에 우리 한국 지사 건물이 들어서는 걸로 하지."

앤드류는 단번에 결정을 내린 콜린의 말을 머릿속으로 그려 봤다.

MfB의 건물을 중심으로 그 안에 윤후의 집이 있다면 확실히 안전할 것 같았다. 비록 이사회의 회의를 거쳐 결정이 날 테지만 윤후를 기반으로 이사회로부터 두터운 신임을 받고 있는 콜린의 말이라면 모두 따를 것이 분명했다.

하지만 윤후만 놓고 보면 상당히 괜찮았지만, 전체적으로 봐서는 지금의 위치가 좋은 곳은 아니었다.

"보여 드린 위치가… 보시다시피 외곽입니다. 서울하고 거리가 좀 있습니다. 아무래도 한국 지사는 그쪽보다는 서울이 좋을 것 같습니다."

"내가 조금 전에 말하지 않았나?"

"…네?"

"서울에는 라온이 있지 않은가? 앞으로 우리와 함께하게 될. 하하!"

앤드류는 그제야 고개를 끄덕였다. 라온과 함께하게 된다면 비록 규모는 작더라도 꽤 괜찮은 위치였기에 많은 도움이 될 것이다.

"그렇게 진행해 보게. 영국 공연이 끝나면 필리핀이던가?"

"네, 맞습니다."

"한 넉 달 정도 남은 것 같군."

콜린은 무대에서 노래를 부르고 있는 윤후를 쳐다보며 입을 열었다.

"따로 팀을 꾸릴 테니 앤드류는 이제 후의 투어에만 신경 쓰도록 하게."

그동안 너무 바쁘게 지낸 앤드류는 콜린의 지시가 만족스러우면서도 한편으로는 걱정되었다. 그래서 윤후의 집이 나온 골목 사진을 보여주며 이것만큼은 그대로 지켜야 한다고 몇 번이나 당부했다.

*　　　*　　　*

몇 달 뒤, 한국에서 한동안 잠잠하던 윤후의 기사가 서로 경쟁이라도 하듯 쏟아지기 시작했다.

〈중국 베이징도 과연 들썩이게 만들까?〉

〈이례적인 성공을 거둔 월드 투어. 피날레를 장식하러 한국으로〉

〈대한민국의 자랑, 한국이 낳은 세계적인 스타, 다시 한국으로〉

〈빌보드 25주 1위라는 대기록의 주인공〉

베이징 공연이 남아 있었지만 그 공연을 끝내고 곧바로 한국으로 온다고 알렸다. 그에 맞춰 각 방송사들은 윤후를 섭외하기 위해 온갖 노력을 쏟아붓고 있었다.

하지만 윤후는 한국인이라고 한국만 특별하게 방송에 출연하지 않았다. 물론 MfB에서는 공연 전 컨디션 관리라는 명목하에 모든 섭외를 거절했다.

그렇다고 공연이 끝난 뒤 특별하게 출연하겠다는 언질도 주지 않았기에 방송사들은 애간장이 탔다. 그리고 방송국 사람들 중 윤후와 조금이라도 친분이 있는 사람들은 위에서 내려오는 지시에 죽을 맛이었다.

"야, 구 PD 너, 어떻게 안 되냐? 너랑 친하잖아."

"안 된다니까요. 친하긴 뭘 친해요. 하나도 안 친한데……."

"아니, 그럼 걔는 누구랑 친해? 예능이라고는 두 밤만 출연했잖아. 안 그래?"

"걔가 누구랑 친하고 그럴 애가 아니거든요. 그냥 맘 편하게 특집 방송이나 내보내요."

"야, 국장님도 엄청 기대하고 있는데. 너, 계속 그렇게 나올 거야?"

그중 구 PD가 제일 피해를 보고 있었다. 그동안 윤후 덕분에 누린 혜택을 모두 잊을 만큼 시달리고 있던 구 PD는 어쩔 수 없이 기획을 맡게 되었다. 하지만 구 PD는 방송국의 기대와 달리 애초에 윤후를 섭외할 생각조차 하지 않았다.

구 PD가 초점을 둔 건 처음부터 덥덥이들이었다. '두근거리는 밤' 팀에 있는 작가들 중 덥덥이가 있었고, 그 작가 덕분에 알아낸 정보였다.

"그러니까 공항에 대대적으로 마중 나갈 생각을 하고 있단 말이지?"

"아닌데요?"

"야, 박 작가! 자꾸 거짓말할래? 같이 좀 살자!"

"아니라니까요!"

"아까 다 봤다고! 너 팬카페에 신청하는 거! 너 팬카페가 소중하냐, 직장이 소중하냐?"

팬카페에서 비밀 엄수라고 했기에 끝까지 오리발을 내미는 작가였지만, 구 PD의 집요함에 결국 실토했다.

"야, 그리고 너희들 나가면 후만 피곤하지. 안 그러냐? 공연 마치고 곧바로 한국 온다던데. 나 같으면 피곤하니 안 왔으면 좋겠다고 그러겠네."

"후는 안 그러는데요?"

"안 그런 사람이 어디 있어? 그리고 네가 거길 왜 신청해? 일 안 해?"

구 PD를 비롯해 '두 밤'의 팀원들도 윤후를 좋아하긴 하지만, 박 작가처럼 광적으로 좋아하는 건 아니었다. 다들 이해하지 못한다는 얼굴로 고개를 저었다.

"도대체 거길 왜 가는 거야? 너희들 때문에 공항 마비되면 그거 전부 후만 욕먹는 거야."

"맞아, 중국 봐라. 버스 대절해서 쫓아다니더라. 위험한 팬 문화라고 세계 뉴스에까지 나오는데 우리나라도 딱 그 짝 나겠네."

팀원들이 박 작가를 구박하는 말에 구 PD는 좋은 생각이 떠오를 듯했다.

"걔가 다른 건 몰라도 지 팬들은 엄청 아끼지?"

"걔 아니고 후요! 후 님!"

"그래, 그 후 님이 너희들 엄청 아끼지?"

"엄청 아끼죠. 그게 후 님 매력이니까요. 빠져나올 수 없게 만드는 매력!"

구 PD는 혼자 생각에 잠겼다. 떠드는 소리에 혼란스러워 귀까지 막고 한참이나 고개를 숙이고 있던 구 PD가 갑자기 고개를 번쩍 들었다.

"야, 너희들 뉴스 한번 안 나갈래?"

"왜요? 우리 사고 안 쳐요!"

"아니, 월드 뉴스에 나가게 해줄게. 나 너희 운영진 좀 만나게 해주라. 시간 없으니까 빨리. 돼, 안 돼?"

"저도 아직 신입이라 그럴 권한이 없는데……."

"에라이, 도움도 안 되는 게 떠들고 있어."

구 PD는 곧바로 자신이 생각한 것을 꺼내놓았다. 그러자 모두가 찬성한다며 엄지를 치켜세웠다.

자신이 생각하고도 충분히 그럴싸했다. 문제는 시간이 얼마 없다는 것이었다. 그렇기에 구 PD는 곧바로 지시부터 내렸다.

"섭외 담당은 덥덥이 운영진 수소문해 봐. 작가들은 왜 공항에 나가면 안 되는지 그 이유부터 그럴싸하게 만들어. 최대한 빨리. 그리고 그거 받아서 기획 팀은 덥덥이들 살살 꼬셔 보고. 아, 맞다. 라온 엔터에 덥덥이 대장 있으니까 그 사람부터 섭외하면 되겠다."

구 PD는 일일이 지시를 마치고 미처 다 말하지 못한 생각들을 정리하기 시작했다.

*　　　　*　　　　*

며칠 뒤, 어제 중국에서 공연을 마치고는 휴식도 없이 한국으로 이동 중인 윤후는 비행기에서 기사를 확인했다. 곧 있으면 한국에 도착할 텐데 내심 걱정부터 되었다.

"공항에 사람 많겠죠?"

"당연합니다. 그래도 어제 공연이 끝난 걸 고려해서 기자회견은 내일로 잡았습니다."

"네. 그럼 거기부터 가볼 수 있죠?"

"아직 일부는 공사 중이긴 해도 가보시는 데는 문제없을 겁니다. 그리고 아버님께도 연락해서 그곳으로 모셔오게 했습니다."

윤후는 고개를 끄덕거렸다. 다만 공항에 얼마나 많은 사람이 있을지 걱정되었다.

"설마 중국에서처럼 버스를 타고 쫓아오진 않겠죠?"

덥덥이들을 생각한 앤드류는 쉽게 대답하지 못했다. 무슨 일을 어떻게 벌일지 예상할 수 없는 사람들이었다.

자신의 노래를 좋아해 주는 사람들이기에 감사해야 함이 마땅했지만, 일단 집부터 보고 싶은 윤후는 부디 많은 사람이 나와 있지 않기를 바랐다.

그리고 인천국제공항에 도착한 윤후는 탑승객들이 전부 빠져나간 뒤에야 게이트를 나섰다.

그리고 예상한 대로 카메라 셔터 누르는 소리와 취재진의 질문하는 소리가 공항에 울려 퍼졌다. 그런데 이상한 점이 있었다. 당연히 울려야 할 덥송이 들리지 않았다.

윤후는 고개를 돌려 취재진 뒤쪽을 봤다.

그러자 카메라들이 기회라는 듯 미친 듯이 사진을 찍어댔고, 그럼에도 윤후는 팬들을 둘러보는데 여념이 없었다. 공항을 물들일 줄만 알았던 연두색 티를 입은 덥덥이들이 한 명도 보이지 않았다.

대부분이 개인적으로 윤후를 좋아해서 모인 팬들로 공항에 볼일이 있어서 왔다가 자신을 구경하는 듯했다.

앤드류도 혹시 한국에서 무슨 일이 잘못되었나 싶어 긴장했다. 그 유별난 덥덥이들이 공항에 마중을 나오지 않은 것만 봐도 분명 뭔가 잘못되었다. 그래서 윤후를 데리고 빨리 이곳을 빠져나간 뒤 상황을 알아보려던 앤드류는 일단 피켓을 들고 있는 사람들을 찾아봤다.

둘러보다가 찾긴 찾았는데, 숫자가 너무 적었다. 한 명씩 세어봤지만 연두색 티셔츠를 입은 덥덥이들은 스무 명도 채 되지 않았다.

그리고 그 덥덥이들을 촬영하고 있는 사람들도 눈에 들어왔다. 도대체 이유가 뭘까 생각하며 걸을 때, 그들이 들고 있는 피켓이 보였다.

서울, 인천, 수원, 광주, 부산…….

지역 이름이 적힌 피켓을 들고 있었고, 입에는 마스크까지 착용한 채 어떤 말도 하지 않고 있었다.

윤후를 보자 윤후도 이유를 물어보는 얼굴로 자신을 보고 있었다. 그리고 그 덥덥이들을 지나쳐 가도 아무런 반응이 없었다.

윤후도 무척이나 궁금했는지 경호원들에게 잠시 길을 터달라고 말하고 마스크를 쓰고 있는 덥덥이들에게 향하자 당연히 그 덥덥이들을 찍고 있던 카메라가 동시에 윤후에게 향했다. 그럼에도 윤후는 덥덥이들에게 다가갔다.

"덥덥이들?"

분명 눈빛은 곧 울음이라도 터뜨릴 것만 같은데 대답을 하지 않고 고개만 빠르게 끄덕였다.

윤후가 각 지역 피켓을 들고 있는 덥덥이들을 가만히 쳐다봤다. 그때 덥덥이들이 동시에 밑에 내려놓은 태블릿 PC를 들어 올렸다.

윤후는 움찔하는 경호원들을 손을 올려 막고 화면을 바라봤다. 그리고 왜 덥덥이들이 보이지 않는지 이해가 되었고, 옆에서 그 모습을 함께 보던 앤드류는 헛웃음을 뱉었다.

그 헛웃음을 뱉은 입이 쉽사리 다물어지지 않았다. 덥덥이들이 들고 있는 태블릿 PC 화면이 초록 물결로 가득했다. 윤후는 그들 중 제일 앞에 있는 덥덥이에게 질문했다.

"광화문?"

윤후의 질문에 마스크를 쓴 덥덥이가 고개가 떨어질 듯 흔들더니 태블릿 PC 소리를 키웠다.

그러자 수만 명이 부르는 덥송이 들리기 시작했다. 윤후는 자신이 보이지 않는 곳에서 응원한다는 것이 이상해 화면을 한참이나 바라보는데 덥덥이들이 보고 있는 커다란 스크린이 눈에 들어왔다.

지금 공항에 있는 자신의 모습이 나오고 있었다. 윤후가 두리번거리자, 덥덥이들을 찍고 있던 카메라맨이 손짓으로 자신의 카메라라고 알렸다. 윤후는 피식 웃으며 카메라에 대고 손을 흔들었다.

"고마워요."

화면이 전송되는 시간이 있는지 잠시 뒤 귀가 떨어질 듯한 환호성이 들려왔다.

윤후는 다시 미소 지으며 손을 흔들고 옆에 있는 사람에게 다가갔다. 다른 지역도 마찬가지였다.

광장이나 공원, 학교 등 각 지역별로 모인 덥덥이들이 보였다.

각 지역에 모두 인사를 한 윤후였고, 어떻게 된 일인지 단번에 알 수 있었다.

윤후의 모습이 보이는 스크린 옆에는 큼지막하게 KBC라고 쓰여 있었다.

방송국의 도움 없이는 이렇게 하기 힘들었을 것이다.

그러한 생각이 든 윤후가 미소 지으며 이동할 때, 덥덥이들 뒤에서 상황을 지켜보는 사람이 보였다. 윤후는 피식 웃으며 그 사람을 향해 인사했다.

"감사합니다, 구 PD님."

그 모습을 공항에 있던 모든 카메라가 담았다. 덥덥이들의 모습부터 윤후가 손을 흔드는 모습까지. 다른 방송사들은 모두 부러운 눈으로 구 PD를 보고 있었다.

돌아가면 온갖 욕이란 욕은 다 먹을 것이 분명했다. 그렇다고 윤후에게 팬들을 차별한다고 뭐라고 할 수도 없었다. 자신들의 카메라에 대고 손을 흔드는 장면이라도 써야 했다.

그렇게 윤후가 공항을 빠져나가자 카메라와 리포터들의 관심은 덥덥이들에게 쏠렸다. 그러자 당연하게도 구 PD와 스태프들이 빠르게 막아섰다.

"아니, 참이슬. 상도덕도 없네. 새우깡. 이게 다들 뭐 하는 짓이죠? 코카콜라."

"어이, 거기 SBC 친구들. 오레오. 지금 이분들 우리랑 계약한 상태예요. 김치찌개."

"멍청한 놈아, 김치찌개는 방송에 나갈 수 있잖아. 어휴."

KBC 스태프들은 다른 방송국이 사용하지 못하도록 말 사이사이에 상표명과 편집한 것이 티 나게끔 빠르게 손을 흔들며 막아섰다. 그 모습을 본 구 PD는 생각보다 일이 더 잘 풀린 것 같은 모습에 주먹을 불끈 쥐었다. 그렇게 지겨워하던 편집실이 지금은 굉장히 그리웠다.

*　　　*　　　*

한편, 이동 중인 정훈은 윤후의 기사를 보며 시큰둥한 얼굴이었다.

"뭘 한국이 낳아, 낳긴. 내가 낳았지."

"형님이 낳았나요. 형수님이……."

윤후의 한국 공연을 앞다퉈 보도하는 기사 때문에 정훈에게 다시 취재 요청이 물밀듯이 들어왔다.

윤후에 대한 기사는 대환영이었다. 하지만 가족이라고는 자신뿐이다 보니 당연한 일이라고 생각해도 너무할 정도로 취재 요청이 쇄도했다. 그럼에도 정훈은 차를 타고 어디론가 이동 중이었다.

MfB 직원에게 듣기는 했는데 도통 무슨 소리인지 이해할 수가 없었다. 그건 함께 온 김 대표도 마찬가지였다.

"그러니까 MfB가 한국에 들어온다는 건 알겠는데 그 안에 후 마을이 있다는 건 무슨 소리야? 김 대표도 몰라?"

"저 사람들이 그건 안 알려주더라고요."

"아무리 우리 아들이 인기가 있다고 해도 동네 이름은 마음대로 바꿀 수 없을 텐데……."

"가보면 알겠죠. 그런데 수원 쪽으로 가는 길인데."

"온 김에 공방이나 들렀다 갔으면 좋겠네."

정훈은 도통 얘기를 안 해주는 통에 궁금함을 안고 이동했다. 그리고 한참을 이동한 뒤에야 화서역을 지나치더니 공사 안내판이 있는 곳으로 들어섰다.

"저기 저 빌딩은 간판도 달아놨네. 여기 MfB 건물인 거 같은데요? 그런데 저기 주택 같은 것들은 대체 뭘까요? 어디서 본 거 같은데… 형님?"

김 대표는 정훈을 불렀지만 정훈은 아직 공사가 이루어지고 있는 주택들에서 시선을 떼지 못하고 있었다.

*　　　　　*　　　　　*

공사장의 임시 사무실로 안내를 받은 정훈은 앉아 있지 못하고 창으로 보이는 주택들을 하염없이 바라보고 있었다.

그리고 그런 정훈 때문에 김 대표도 아직 공사가 진행 중인 주택들을 보다가 어디서 봤는지 그제야 생각이 났다.

"아, 저기 형님 집 골목 아닙니까?"

정훈은 말없이 고개만 끄덕였다. 도대체 이게 어떻게 된 일인지 궁금했다. 그 이유는 분명 윤후가 알고 있을 것이기에 정훈은 윤후를 기다렸다. 그리고 마침 공사장 안으로 여러 대의 차가 들어섰다.

"윤후가 왔나 보네요."

정훈과 김 대표는 곧바로 사무실에서 나와 차가 멈추길 기다렸다. 임시 사무실 앞까지 와서 멈춘 차에는 기다리던 윤후가 나왔고, 정훈은 곧바로 어떻게 된 일인지 물으려 했다.

"아빠, 가요."

마음이 급한지 오자마자 인사도 없이 윤후가 손목을 잡고 끄는 탓에 끌려가듯 이동했고, 윤후와 함께 익숙한 골목길에 멈춰 섰다.

"아들, 이게 어떻게 된 일이야? 이거 다 아들이 만들어 달라고 한 거야?"

"아, 아니에요. 우리 집은 저기잖아요."

윤후는 고개를 돌려 앤드류를 확인하듯 쳐다봤고, 앤드류는 저 넓은 땅에 윤후가 원하는 부분은 한 부분이 맞았기에 고개를 끄덕였다. 그러자 정훈이 다행이라는 듯 한숨을 내쉬었다.

"휴, 아빠 엄청 놀랐어. 이걸 전부 지은 줄 알고. 돈 막 쓰는 줄 알았잖아."

"아니에요. 여기서 저기만 우리 집이에요. 가요."

정훈은 그제야 편안해진 얼굴로 걸음을 옮겼다. 아직 다른 곳은 공사 중이었지만, 자신의 집과 그 주변은 공사가 완료되어 있었다. 비록 원래 살던 집은 아니었지만, 익숙한 대문이 보이니 느낌만은 원래의 집 문을 여는 듯했다.

그리고 좁은 마당을 지나 현관문 앞의 계단을 올랐다. 현관문을 연 정훈은 말없이 눈에 보이는 집 풍경을 바라봤다.

아직 가구는 없었지만 집 구조가 완벽하게 일치했다. 심지어 벽지와 바닥에 깔린 장판까지 똑같았다.

마치 현관에서 보는 집 내부의 모습은 아내와 함께 처음 집을 보러 왔을 때를 떠올리게 만들었고, 이내 가슴이 먹먹해져 아무런 말도 하지 못했다. 그때 윤후가 잡고 있던 손을 놓고 집 안으로 들어섰다. 윤후가 정훈을 보며 씨익 웃었다.

"다녀왔습니다."

웃는 얼굴로 자신에게 손을 내미는 윤후의 모습에 정훈도 고개를 끄덕이며 집 안으로 들어섰다. 거실에 선 채 천천히 집을 둘러보던 정훈이 고개를 끄덕이며 입을 열었다.

"다녀왔어……."

*　　　*　　　*

며칠 뒤, 이번 윤후의 공연 연습은 평소와 달리 체육관을 대절해서 할 수 없었다. 어딜 가도 엄청난 수의 취재진이 몰려들었기 때문이다.

그래서 일주일 전부터 공연 장소인 고척돔 경기장에서 연습하기로 했고, 다른 연습은 KM이 관리하고 뮤지컬 팀이 주로 사용하는 큰 연습실에서 하게 되었다.

그곳에서 한창 연습 중이던 다즐링 멤버들의 얼굴은 긴장한 기색이 역력했다.

"야, 네오. 잘해라. 또 틀렸다고 난리 난다."

"아, 힘들다. 어떻게 전보다 더 심해졌어."

"힘들어도 참아. 내일 돔에서 연습할 때 스태프들이 다 보는 데서 몇 시간 동안 지적 받으면서 하는 것보다는 낫잖아."

"진짜 OTT가 왜 우리를 불쌍하게 쳐다봤는지 이제 알겠어.

네오 너, 예전에도 이거 당했어?"

CM송을 하던 네오였기에 이미 겪어봤지만 윤후보다 윤후와 함께 있는 사람 때문에 적응이 되지 않았다. 윤후야 그저 틀렸다고 다시 하라고 말할 뿐이니 그에 맞춰 연습하면 됐지만, 윤후의 뒤에 있던 사람은 아무 말도 없이 그저 화이트보드에 적힌 공연 순서에서 자신들의 이름을 지워 버렸다.

그러고는 윤후와 영어로 대화하고 난 뒤 다시 자신들의 이름을 쓰는 짓을 반복해 가며 피를 말렸다.

"그런데 어디 간 거야? 어제도 안 오고, 오늘도 안 오고. 이틀이나 연습에 안 나오네. 게다가 오늘 선배님들도 연습 안 나오시던데."

"그러게. 이상하네. 설마 그 앤드류라는 사람이 우리 빼버린 건 아니겠지?"

"야, 무서운 소리 하지 말고 빨리 연습이나 하자."

* * *

그 시간 윤후는 차를 타고 움직이고 있었다. 정훈과 둘이 움직이고 싶었지만, 앤드류가 성화를 내며 한사코 따라붙는 바람에 앤드류도 함께였다. 그리고 앤드류가 함께이다 보니 경호원들도 마찬가지였다. 도착지에 도착하자 행선지를 알고 있는 앤드류가 입을 열었다.

"신경 쓰이시지 않도록 멀리 있겠습니다. 혹시라도 무슨 일이 생기면 바로 불러주십쇼."

"네, 알겠어요. 기타 이리 주세요."

윤후는 앤드류에게 기타를 건네받아 등에 메고 정훈과 함께 걷기 시작했다. 겨울이라 추운 날씨임에도 오랜만에 걷는 길이 상쾌하게 느껴졌다.

분명 옆에 있는 정훈도 마찬가지일 것이다. 이곳에 올 때면 항상 설레는 얼굴이었다. 하지만 고개를 돌리자 자신의 생각과 다르게 자신을 물끄러미 보고 있는 정훈이 보였다.

"왜 그러세요?"

"아들, 정말 괜찮은 거지?"

"네, 괜찮아요."

전에 미국에서 갑작스럽게 쓰러진 윤후가 걱정된 정훈은 윤후와 함께 병원에 갔었다. 병원에 다녀온 후 윤후는 연습에 참여하지도 않고 곧바로 집으로 돌아왔다.

무슨 일이 있어도 연습을 빼먹지 않는 윤후였기에 정훈이 걱정되는 것은 당연했다.

"침대는 전부 치워져 있더라고요. 이제는 완전히 녹음실 부스처럼 변했어요. 기타도 만질 수 있었고 마이크도 나오고요."

"그런데 연주를 하려고 하면 소리가 안 난다고?"

"네, 그렇긴 한데… 괜찮아요."

정훈은 생각보다 밝은 윤후의 모습에 안도의 한숨을 내뱉었다.

"연습도 안 가길래 무슨 큰일 난 줄 알고 아빤 또 엄청 걱정했잖아. 아빠만 그런 줄 알아? 조금 전 앤드류 표정 봤지? 엄청 걱정하는 거."

"그냥 좀 생각할 게 있었어요."

"무슨 생각?"

"아직 못 찾은 게 있어서 노래가 안 불러지는 거 같아서요. 그거 생각하느라… 뭐, 천천히 찾게 되겠죠. 빨리 가요."

예전과 다르게 윤후의 멋쩍어하는 표정도 자연스러워 보였다. 전이었다면 초조해하며 안절부절못했을 윤후가 지금은 많이 성장한 듯 느껴졌고, 윤후의 달라진 모습에 정훈은 미소를 짓고는 서둘러 따라갔다.

그러고는 윤후의 손을 꽉 잡았다.

"왜요?"

"왜긴, 엄마를 보러 갈 때마다 항상 아빠 손을 잡고 갔잖아."

윤후가 부끄러운지 잡은 손을 빼려는 것조차 정훈은 뿌듯했다. 이제는 정말 보통 사람처럼 감정을 표현했다. 기분 좋은 정훈은 그 모습을 아내에게도 보여주고 싶어 걸음이 빨라졌다.

"올해도 아들 공연하느라 아빠 혼자 올 줄 알았는데… 어떻게 딱 시간이 맞았네. 엄마가 좋아하겠다. 게다가 아빠는 이렇게 허름한 옷을 입고 있는데… 아들은 정장에 코트까지 입고. 하하!"

사실 기간을 맞추려 한 건 아니었기에 윤후는 멋쩍은 미소를 지으며 따라 걸었다. 게다가 복장도 앤드류가 준비해 준 것으로 자신의 선택이 아니었다.

건물로 들어가 한참이나 복도를 따라 걸어 들어갔다. 전부 비슷해 보이는 모습에 미로처럼 보일 수도 있었지만 정훈은 거침없이 걸어갔고, 잠시 뒤 걸음을 멈춘 정훈이 미소를 지으며 손을 흔들었다.

"여보, 나 왔어!"

정훈은 윤후에게 빨리 인사하라는 듯 고갯짓을 했고, 윤후도 정훈과 같은 미소를 지으며 인사를 건넸다.

"엄마, 저 왔어요."

"우리 아들 안 본 사이에 많이 컸지? 내가 좀 힘들었어. 하하!"

작년에는 미국에 있었기에 와보지 못한 윤후의 눈에 엄마의 사진 옆에 놓인 앨범 하나가 들어왔다. 처음으로 발매한

싱글 앨범이었다.

어떻게 구했는지 라온에만 있는 천으로 된 응원 슬로건까지 고이 접혀 있었다.

신기한 얼굴로 정훈을 바라보자 정훈이 피식 웃었다.

"김 대표가 세 장 가지고 있어서 한 장 달라고 했지. 하하! 그나저나 이번엔 아들이 직접 전해줘."

윤후는 고개를 끄덕이고는 곧바로 기타 케이스에서 이번에 발매한 정규 앨범을 꺼내 엄마의 사진 옆에 조심히 내려놓았다.

"아들이 미국에서 엄청 잘나가. 잘 키웠지? 나 힘들었다? 하하!"

윤후는 정훈의 말에 피식 웃고는 내려놓은 기타 케이스에서 기타를 꺼내 들었다. 기타를 안은 윤후는 엄마의 사진을 물끄러미 바라봤다. 가장 가까운 사람임에도 제일 늦게 들려주게 되었다.

게다가 다른 영혼들을 찾느라 엄마와의 기억을 소홀하게 여긴 것이 미안해 쉽게 손이 움직이지 않았다. 그러자 정훈이 윤후의 옆에 앉아 등을 쓰다듬었다.

"엄마한테 들려줘. 엄마가 아들이 부르는 노래 듣는 거 엄청 좋아했잖아."

윤후는 그제야 고개를 끄덕이고는 기타를 연주했다. 앨범에 있는 곡들은 물론이고 자신이 참여한 곡들, 그리고 자신과 친분이 있는 사람들의 곡까지 불렀다.

연주해 줄 노래가 너무 많아서인지 시간이 오래 지났고, 정훈은 묵묵히 윤후의 모습을 지켜봤다.

그런 정훈은 약간 망설이는 듯한 표정이었는데 손은 연신 재킷 안주머니에서 움직이고 있었다. 노래를 마친 윤후를 보자 마음을 정했는지 주머니에서 손을 뺐다. 정훈의 손에는 곱게 접은 색지가 들려 있었다.

정훈은 사진을 바라보고 있는 윤후를 조용히 불렀다.

"아들, 이거."

"이게 뭐예요?"

"아들이 엄마한테 편지 썼었잖아. 그 편지의 답장이야."

윤후는 고개를 갸웃거리며 색지를 받았다. 색지를 펼치자 삐뚤빼뚤한 글씨가 눈에 들어왔다.

엄마, 아프지 마요. 사랑해요.

글씨 크기도 제각각이었고 크레파스로 글을 써서 엄청 알록달록했다. 왠지 부끄러워져 머리를 긁적일 때 작은 글씨로 또박또박 쓰인 글이 눈에 들어왔다.

세상에서 가장 사랑하는 우리 윤후.

첫 문장에 윤후는 고개를 들어 정훈을 바라봤다. 정훈은 대답을 입 밖으로 내지는 않았지만 생각하는 것이 맞는다는 듯 고개를 끄덕였다.

그러자 윤후의 고개가 천천히 편지로 향했다. 잘 기억나지 않기에 굉장히 낯선 글씨체였지만, 편지의 내용만으로도 엄마라는 것이 느껴졌다.

윤후가 이 편지를 언제 보게 될지 모르겠네. 아빠 성격상 끝까지 안 볼 수도 있을 거 같아서 걱정되네.

별다른 내용은 없었다. 그저 편지만으로도 따뜻하고 포근함이 느껴졌다. 하지만 내용이 계속될수록 자신을 걱정하는 글로 변해갔다.

사실 엄마는 우리 윤후한테 항상 미안했어.

제대로 낳아주지 못해서. 그래도 우리 윤후가 충분히 잘 자랐으리라 믿어.

조금 걱정도 했지만 이제는 걱정 안 해. 엄마가 서울에 있던 병원 기억해? 엄마는 그날 얼마나 울었는지 몰라.

누가 말이라도 시키면 항상 숨거나 엄마만 쳐다보던 윤후가 엄마가 아닌 다른 사람한테 처음으로 관심을 보인 날이거든.

할아버지하고 같이 있던 동호 아저씨 기억해? 할아버지가 기타 준다고 하니까 눈까지 반짝였잖아.

그리고 그 아저씨하고 있을 땐 엄마도 찾지 않고 노래를 열심히 부르더라? 정말 너무 기뻤어.

윤후는 편지 내용에서 엄마가 언급한 사람이 기타 할배와 백수 아저씨라는 것을 알았다. 그리고 그뿐만이 아니었다.

아들이 관심을 갖는 사람이 둘뿐이라고 해도 엄마는 너무 행복했지만, 우리 윤후가 엄마를 더 행복하게 만들어줬어.

미국 갔을 때 말이야. 실은 엄마가 몇 번 더 병원에 왔다가 그분들을 마주쳤거든. 그런데 엄마를 알아보자마자 먼저 우리 윤후부터 물어보더라.

엄마가 참 주책맞게 그게 고마워서 울어버렸지 뭐야. 그런데 아들, 그 키 큰 외국인이 손 모양으로 사진 찍는 척했더니 V까지 했다며? 진짜야? 엄마한테 말 안 해줘서 너무 궁금해. 엄마도 보고 싶은걸.

윤후 본인도 기억하지 못하는 터라 편지를 읽으며 머리를 긁적였다. 그다음 내용에 혹시 딘도 있지 않을까 생각했는데 역시나 딘에 대한 얘기도 있었다.

또 아들이 얘기한 검은 형 있잖아?

엄마가 너무 궁금해서 아빠하고 같이 가봤지. 그냥 막연히 가서 햄버거 가게에 앉아 있는데 테라스 밑에서 노래가 들리는 거야.

그것도 엄마가 좋아하는 노래가. 그 사람 이름이 딘 맞지?

엄마가 영어를 잘 못해서… 제대로 얘기는 못 했어. 그래도 꼭 아들의 친구가 되어달라는 얘기는 했지. 혹시 만났을 수도 있겠다.

엄마가 한국에 오면 꼭 오라고 주소를 적어줬거든.

그리고 그다음 얘기에 윤후는 눈빛이 심하게 떨렸다.

아직까진 아들이 관심을 보이는 사람이 고작 다섯 명이라서 그분들에게만 연락처를 줬는데. 엄마 욕심으로는 다섯 명이 아니라 백 명, 천 명이 넘었으면 좋겠어.

엄마도 초대한 만큼 힘내서 빨리 건강해질게. 언제 올진 모르지만… 그래야 오면 같이 즐겁게 파티도 하지.

아들, 엄마가 다시 얘기하지만 아들은 이상한 아이가 아니라 특별한 거야. 알았지? 그 누가 뭐래도 잊으면 안 돼.

사랑해, 우리 윤후. 진짜 많이 사랑해.

1/19, 윤후를 세상에서 제일 사랑하는 엄마가.

윤후는 가슴이 울렁거렸다. 아닐 수도 있겠지만, 지금 생각으로는 그 영혼들이 자신에게 온 이유가 엄마의 염원 덕분이라고밖에 생각이 들지 않았다.

엄마의 말대로 어린 시절 특별했던 탓에 친구가 없는 자신에게 친구를 만들어주고 싶은 엄마의 마음이었을 것이다.

비록 영혼으로 찾아오긴 했지만 결국 엄마가 원하는 대로 친구가 되었고, 그것을 넘어 가족이 되었다.

그 영혼들 덕분에 엄마가 그립지도 않았고 지금처럼 변할 수 있었다.

그 모든 것을 영혼들에게만 감사하게 생각하고 있던 스스로가 너무 한심하다는 생각과 엄마에게 너무 미안하다는 생각이 들어 차마 고개를 들고 엄마의 사진을 볼 수 없었다.

그때, 자신의 등에 따뜻한 손이 올라왔다.

“엄마가 친구 생겼다고 엄청 좋아하고 있을 거야. 다음엔 친구들하고 같이 오자.”

자신을 쓰다듬는 손을 느낀 윤후의 눈에서 눈물이 흐르기 시작했다. 정훈은 그런 윤후를 가만히 안아주었다.

십 년이 넘는 기간 동안 엄마를 찾지 않던 윤후였는데 지금은 마치 아내가 죽은 날로 돌아간 것처럼 자신의 품에 안긴 채 울음을 그칠 줄 몰랐다.

Chapter 7
걱정하지 말아요 I

강남에 마련한 아파트의 거실에는 많은 사람들이 있었지만, 누구 하나 입을 열지 않았다. 그저 소파에 앉아 모두 같은 곳을 보고 있을 뿐이었다.

이틀 전 집으로 돌아온 윤후가 방에 틀어박혀 나올 생각을 안 했다. 아파트에 함께 살고 있는 이진술은 물론이고 약속한 대로 투어의 마지막인 한국 공연을 보러 온 론과 은주도 와 있건만 윤후는 방에서 나오질 않았다.

정훈은 편지를 윤후가 가지고 있기에 보여줄 순 없었지만, 자신이 본 내용을 얘기했다. 처음엔 다들 놀랐지만 그것도 잠시뿐이었다.

"윤후한테 친구가 아니라… 저희 아빠한테 윤후가 친구가 되어준 거 같은데… 그리고 저한테도……."

론의 말에 자신들도 마찬가지라는 듯 고개를 끄덕이며 윤후의 방을 바라봤다. 하지만 그들이 왔음에도 여전히 윤후의 방은 굳게 닫혀 있었다.

공연이 며칠 남지 않았고, 어제부터 고척돔 경기장에서 연습이 시작된 것을 아는 사람들은 전부 걱정스러운 얼굴이었다. 윤후 없이 리허설이 이뤄지고 있었다.

정훈은 공연이 끝나고 보여줬어야 하나 후회가 들었다. 그때 앤드류가 아파트에 들어섰다. 앤드류는 들어오자마자 주방으로 향했고, 잠시 뒤 윤후의 방문을 두드렸다.

"후 씨, 문 앞에 간단히 식사 준비했습니다."

대답도 없었지만 앤드류는 윤후의 방문 앞에 준비한 식사를 내려놓고 소파로 향했고, 정훈은 그런 앤드류에게 미안한 마음이 들었다. 공연 책임자인 앤드류는 재촉하지도 않았고, 오히려 가족인 자신보다 더 윤후에 대한 믿음이 커 보였다. 서로 말은 통하지 않았지만, 앤드류는 눈을 마주칠 때마다 괜찮다는 듯 미소를 지으며 고개를 끄덕거렸다.

"괜찮으실 겁니다."

그때 윤후의 문이 열렸다. 그리고는 지금까지 볼 수 없던 윤후의 모습이 눈에 들어왔다. 모두가 비슷하게 느꼈는지 윤후를 안쓰럽게 쳐다봤고, 정훈은 안타까움에 곧바로 윤후에게 다가갔다.

"아들, 지금까지 운 거야? 눈 부은 것 좀 봐."

윤후의 눈이 퉁퉁 부어 있었다. 정훈은 조금이라도 마음을 가볍게 해주려고 농담을 건넸는데, 윤후가 자신의 눈에 손을 갖다 댔다. 그러고는 슬퍼할 줄 알았던 윤후가 미소를 지으며 말했다.

"론, 아줌마, 오셨어요?"

갑작스러운 윤후의 인사에 당황한 나머지 대답도 못 하고 서로를 바라봤다. 정훈도 마찬가지였다.

"아들?"

"네?"

"괜찮아?"

"네, 괜찮아요."

정훈은 정말 괜찮은 건지 아니면 괜찮은 척을 하는지 윤후를 연신 살폈고, 윤후는 눈을 비비더니 소파에 앉았다. 그러자 론이 윤후의 얼굴을 가만히 쳐다보며 입을 열었다.

"괜찮아?"

"응, 괜찮아."

"눈이 많이 부었어."

윤후는 다시 자신의 눈을 만지더니 멋쩍은 듯 웃고 자신을 보며 묵묵히 기다리고 있는 앤드류에게 말했다.

"죄송해요. 그리고 공연……."

다들 윤후가 무슨 말을 할지 궁금했다. 설마 공연을 못 한다고 하는 것은 아닐까 조바심을 내며 지켜봤다. 그런데 윤후가 전혀 뜻밖의 말을 꺼냈다.

"공연 때… 한 곡만 더 불러도 되나요?"

"어떤 곡을 말씀하시는지……?"

"그게 사실 조금 전까지 곡을 썼거든요."

기타 소리가 간간이 들리긴 했지만 슬퍼하고 있을 줄 알았는데, 곡을 썼다는 소리에 모두가 멍한 얼굴로 윤후를 바라봤다. 다만 앤드류만이 고개를 저었다.

"곤란합니다. 지금 곡을 완성했다면 신곡 아닙니까?"

"신곡이라기보다는……."

윤후는 잠시 정훈을 보더니 이내 말을 이었다.

"공연장에 온 친구들을… 자랑하고 싶어서요. 엄마한테."

상황을 알고 있는 사람들은 말뜻을 이해했는지 갑자기 분위기가 숙연해졌다. 앤드류까지 어떻게 말을 꺼내야 할지 몰랐다. 머리로는 당연히 안 되는 일이었지만, 그 말이 입 밖으로 나오질 않았다. 그러자 윤후도 분위기가 무거워진 걸 느꼈는지 어색한 미소를 지으며 말했다.

"한번 들어보실래요?"

"그래도 되겠습니까?"

"윤후야, 나도… 들어봐도 돼?"

론도 궁금했는지 물어봤고, 윤후는 당연하다는 듯이 고개를 끄덕였다. 그렇게 모두에게 다 같이 들어보자고 말한 윤후가 갑자기 이마를 긁적였다.

"그런데… 아, 아니다. 들어봐요."

윤후는 기타를 가지러 방으로 들어갔고, 정훈은 윤후의 뒷모습을 물끄러미 바라봤다. 슬픔조차 노래로 표현하려는 윤후의 모습이 기특했다. 분명 아내도 지금 윤후의 모습을 본다면 만족해할 것이다. 정훈이 미소를 지을 때 윤후가 기타를 들고 나왔다.

기타를 안은 채 윤후가 주방 식탁에 있는 휴지를 가지고 왔다. 다들 그 모습을 보며 고개를 갸웃거리자, 윤후가 입을 열었다.

"제목은… 음, 'Don't worry about me'."

제목까지 말했음에도 윤후는 연주를 시작하지 않고 머뭇거렸다. 언제나 음악을 들려줄 때만큼은 자랑하듯 들려주는 윤후였는데 왠지 자신 없는 듯 머뭇거리고 있었다.

그래서 다들 어떻게 받아들여야 할지 몰라 할 때, 앤드류가 대표로 말했다.

"아직 완성이 안 된 것 같은데 천천히 하시는 게 어떻겠습니까?"

"아니에요. 완성은 됐는데… 아, 모르겠다. 잘 들어보세요. 다 듣고 나면 부탁드릴 게 있거든요."

윤후가 기타를 튕기기 시작했다. 마치 베이스 기타처럼 깊은 음으로 시작되는 연주였고, 그 첫 연주에 왠지 모를 숙연함이 느껴졌다. 윤후의 노래답게 감정이 제대로 느껴졌다.

이 우울한 멜로디, 당신의 편지를 받고 느낀 내 마음이에요

가사가 상당히 직설적이었기에 모두가 움찔했다.

가사대로 노래가 굉장히 우울하게 다가왔다. 너무 우울해하지 않기를 바라는 마음에 모두가 안쓰럽게 윤후를 바라봤지만, 노래가 계속될수록 자신들도 모르게 노래에 빠져들어가고 있었다.

노래가 마치 살아 있는 것처럼 가슴을 파고들어 왔다. 그 이유는 윤후에게 있었다.

노래를 부를 땐 항상 완벽을 추구하는 윤후였는데 지금 윤후의 목소리는 울먹거리는 듯 떨리고 있었다.

제대로 낳아주지 못해서 미안하다는 말, 그 말에 너무 마음

이 아팠어요

당신의 말대로 난 이상한 게 아니에요. 특별한 거니까

윤후의 목소리 탓에 은주의 얼굴은 벌써 눈물범벅이 되었다. 멜로디부터 가사가 너무 가슴 아프게 다가왔다. 그런 은주 때문인지 론과 앤드류도 가사를 알아들을 수는 없지만 굉장히 마음이 쓰렸다.

윤후에게서 느껴지는 분위기만으로도 울렁거릴 정도였다. 그때, 노래가 끝났는지 연주가 멈췄다.

상당히 짧게 느껴졌다. 그럼에도 다들 아무런 반응을 하지 않을 때, 앤드류가 정신을 차리고 박수를 치려 하자 윤후가 급하게 손을 들어 올렸다.

그러고는 노래를 이었다. 정확히 얘기하면 노래가 아니라 하늘을 보며 말했다.

당신에게 친구들을 소개할게요. 나를 걱정하는 그대에게……

윤후는 기타를 연주하며 동시에 기타 바디를 드럼인 것처럼 두드렸다. 곡의 분위기는 급변했지만, 노래를 듣는 사람들은 어째서인지 오히려 우울한 앞부분보다 지금이 더 슬프게 들렸다.

Don't worry about me. 이 노래 부르는 사람들이 모두 내 친구예요

Don't worry about me. 여기 있는 이 많은 사람들이 전부 내 친구예요

편지를 읽은 정훈은 윤후의 노래를 듣자마자 윤후가 하는 말을 이해하고 울컥함이 올라왔다.

그래서 차마 윤후를 보지 못하고 고개를 돌렸다. 잠시 뒤 연주가 점점 잦아들더니 노래가 끝이 났다.

그러니 이제… Don't worry about me. 나의 엄마

다들 가슴이 울렁거리는 느낌에 아무런 말도 꺼내지 못했다. 윤후는 그럴 줄 알았다는 듯 아까 들고 온 휴지를 한 장씩 빼더니 나눠 주었다.

"제가 만들었는데… 이상하게 가슴이 벅차고 그랬어요."

휴지로 눈가를 닦는 사람들은 다들 동의한다는 듯 고개를 끄덕였다. 한참이나 감정 정리를 하느라 말이 없었고, 그나마 감정 정리가 제일 빠른 앤드류가 목을 가다듬고 윤후를 보며 물었다.

"그런데 왜… 시작 전에 머뭇거리신 겁니까?"

"아, 그게……."

윤후가 다시 머뭇거리는 모습에 모두가 휴지를 든 채로 윤후를 바라봤다.

머뭇거리는 걸로 봐서는 말하기 힘든 것이 분명했고, 지금 이 기분에 윤후의 입에서 무슨 얘기가 나오더라도 눈물이 터져 나올 것만 같았다.

하지만 윤후의 말에 다들 당황한 얼굴이 되어버렸다.

"코러스는 다 같이 불러주셨으면 좋겠어요. 전부."

조용히 눈물을 훔치고 있던 이진술도 당황한 얼굴로 말을 더듬으며 물었다.

"윤후… 군, 설마 우리 보고 공연에 같이 서자는 건… 아니지요?"

"아, 그것도 좋겠네요. 녹음만 하려고 했는데. 앤드류 씨, 그렇게 해도 될까요?"

앤드류는 잠깐 생각하더니 마지막 피날레를 함께 장식하는 것도 나쁘지 않게 느껴졌다. 공연 연출 팀과 상의해 봐야겠지만 지금 자신이 그린 그림이 꽤 괜찮게 보였다.

괜찮다는 듯이 고개를 끄덕이자 윤후가 고맙다는 듯 미소를 짓고 입을 열었다.

“그럼 내일 오후부터 공연 연습 갈게요. 오전에는 녹음실 좀 들러도 되죠?”

“지금 곧 녹음하시려는 겁니까?”

“네, 해야죠. 나머진 앤드류 씨가 알아서 해주세요.”

앤드류는 알았다는 듯 고개를 끄덕였다. 그런데 윤후가 갑자기 방으로 들어가더니 종이 한 장을 들고 나와 앤드류에게 건넸다.

“이게 뭡니까?”

“가사요. 앤드류 씨부터 녹음해요. 몇 줄 안 되니까 금방 할 수 있을 거예요.”

“저도… 하는 거였습니까?”

*　　　*　　　*

윤후가 한국에 있다 보니 모든 취재진이 윤후를 취재하려고 난리가 났다. 그럼에도 방송에 전혀 얼굴을 보이지 않는 윤후였기에 방송가 관계자들은 마음이 타들어갔다.

그런데 우연히도 이상한 소문이 돌았다. 윤후와 친분이 있는 박재진은 물론이고 ‘두근거리는 밤’의 MC인 이상훈까지 윤후와 친분이 있는 사람들이 전부 초대를 받았다.

그것도 홍대에 있는 라온의 녹음실로. 심지어 구 PD까지 껴 있었기에 다른 방송사에서 독점이라며 항의가 빗발쳤다. 그럼에도 구 PD는 물론이고 라온과 MfB는 아무런 대응도 없었다.

취재진은 직접 소문의 근원지인 홍대 라온 스튜디오로 향했고, 하나둘씩 모이다 보니 어느새 시상식장을 취재하는 그림이 되어버렸다.

추운 겨울이기에 손난로를 든 취재진은 스튜디오 계단에서 누구라도 나오길 기다렸다. 얼마 뒤 계단을 내려오는 발이 보였다.

"야야! 저기 윤송 나온다! 리포터 붙고! 카메라 따라가!"

좁은 계단으로 윤송과 윤송의 스태프로 보이는 사람이 내려왔다. 그 모습을 취재하려던 취재진은 윤송의 모습에 무척이나 당황했다.

"뭐야? 왜 우는 거야? 리포터, 무슨 일 있었는지 물어봐."

그러자 리포터들이 동시에 윤송에게 마이크를 들이밀었다. 정말 시상식장처럼 보이는 모습이었다.

"후 씨와 무슨 일이 있었던 겁니까?"

"흐흑! 몰라요. 흐흑! 너무 슬퍼. 어엉! 엄마 보고 싶어."

리포터들은 당황해 멍했고, 윤송의 뒤에 있는 사람들도 눈물범벅인 얼굴로 리포터들이 내민 마이크를 치우더니 곧장 주차장으로 향했다.

리포터들은 당황한 얼굴로 각자의 팀을 보며 어떻게 해야 하는지 물었다. 하지만 PD들도 방법이 없기에 그저 다른 사람이 나오길 기다렸다.

그리고 얼마 뒤, 또 한 사람이 내려왔다. 윤후와의 친분 덕에 톡톡히 덕을 보고 있는 박재진이었다.

선글라스를 착용하고 덤덤하게 내려오는 모습에 다시 리포터들이 벌 떼처럼 달려들었다.

"후 씨와 왜 만나신 거죠?"

"아까 윤송이 울고 나온 건 아십니까?"

"왜 갑자기 초대를 받으신 겁니까?"

박재진은 취재진의 질문에도 대답하지 않고 그저 이동했다. 하지만 취재진이 너무 몰려 이동을 못 하게 되자 걸음을 멈춘 박재진이 입을 열었다.

"…죄송합니다. 흡! 길 좀… 흑!"

"……."

조용하게 말했지만 분명 울고 있는 목소리였다. 박재진을 쫓던 취재진은 걸음을 멈췄다.

안에서 무슨 일이 벌어지고 있는 것인지 궁금해 미칠 지경이었다.

그 뒤로도 꽤 많은 사람들이 들락날락했다. 라온 소속의 가수들이 대부분이었지만, 얼굴을 모르는 일반인도 상당했다.

그리고 모두가 똑같이 스튜디오에 들어갔다 오면 엉엉 울면서 나왔다.

"도대체… 저기서 무슨 일이 벌어지고 있는 거야?"

그때, 갑자기 검은 양복을 입은 경호원들이 취재진을 막아섰다. 그러자 취재진은 윤후가 곧 나올 거라는 것을 느꼈는지 경호원들의 압박에도 카메라부터 들이밀었고, 잠시 뒤 계단을 내려오는 윤후가 보였다.

윤후가 카메라에 대고 가볍게 손을 흔들고 차로 이동하려는데 누군가 큰 목소리로 물었다.

"도대체 위에서 무슨 일이 있었던 겁니까? 무슨 이유로 초대하신 거죠?"

그러자 윤후가 걸음을 멈추고 카메라를 보며 고개를 갸웃거렸다.

"초대요?"

"초대하신 거 아닙니까?"

"초대가 아니라… 신곡 피처링을 해달라고 부탁한 거예요."

"신곡?"

신곡이라는 말에 난리가 났고, 그와 동시에 취재진은 너나 할 것 없이 소리쳐 묻기 시작했다.

"그 많은 사람들과 함께하는 겁니까?"

윤후는 말해도 되나 물어보러 뒤를 돌아봤지만, 앤드류가 아직 나오지 않았다. 머뭇거리고 있자 취재진의 질문이 더욱 거세졌다.

"울고 나온 사람들은 참여를 못 하게 돼서 운 겁니까? 말씀 좀 부탁드립니다!"

그때, 계단을 뛰어 내려오는 사람이 보였다.

항상 윤후의 옆에 있던 앤드류였고, 계단에서 내려오자마자 주머니에 손을 넣은 채로 윤후에게 질문하는 취재진을 둘러봤다.

취재진의 질문은 잠시 잦아들었지만 곧바로 다시 질문을 쏟아내기 시작했고, 그와 동시에 앤드류가 큰 목소리로 말했다.

"헤이! 헤잉! 크흠! 스탑! 흡!"

잠긴 목으로 갑자기 소리를 쳐서인지 목소리가 갈라졌다. 그러자 취재진이 소리치는 앤드류를 보며 카메라를 들이밀었다.

"아 유 크라잉?"

"놉!"

앤드류는 부끄러운지 빨개진 얼굴로 '노'를 외쳐댔고, 윤후는 피식 웃고는 앤드류의 팔을 잡아끌었다. 오늘만큼은 윤후가 앤드류를 챙겨 차로 향했다.

그리고 그날 밤 말도 안 되는 기사가 인터넷에 즐비했다.

〈박재진, 윤송을 비롯해 루아까지 물먹은 윤후의 신곡. 과연 피처링의 주인공은?〉

*　　　*　　　*

공연 삼 일 전. 'Don't worry about me'에 모든 사람의 목소리를 담지 못했는지 윤후는 스튜디오에 남아 사람들을 기다렸다.

기다리던 윤후는 지금까지 부른 사람들의 노래를 듣고 있었다. 음이 심하게 틀리지 않는 이상 그대로 녹음했음에도 많은 사람들이 참여해서 꽤 오래 걸렸다.

그리고 많은 수의 사람이 함께 부르는 노래가 생각한 대로 나와 마음에 들었다.

하지만 앨범을 발매하기에는 약간 번잡스럽게 들릴 수도 있을 것 같아 적당해 보이진 않았다.

앨범의 보너스 트랙 정도에 넣으면 모를까, 이 곡으로 발매하기에는 무리가 있어 보였다. 그래도 윤후는 지금 녹음한 것만으로도 충분히 만족스러웠다.

"저… 앤드류 씨, 오늘 녹음이 끝나면 CD로 제작해 주실 수 있나요?"

엄마에게 선물로 준다는 윤후의 말에 앤드류는 문제없다는 듯 고개를 끄덕거렸다. 그러자 윤후가 앤드류에게 카메라를 내밀었다. 미국에서 영화음악을 마치고 왔을 당시 김 대표가 준 카메라였다. 그 카메라에 담긴 사진을 보여주며 말했다.

"이 사진들도… 함께 가능할까요? 사진이 좀 많은데."

"네, 문제없습니다. 패키지 앨범처럼 사진첩을 조금 두껍게 만들도록 하면 됩니다."

"네, 그렇게 해주세요."

그때, 기다리던 마지막 사람들이 도착했다.

"형, 미안혀. 비행기가 맥혀 부렀네."

"파블로, 내가 사투리로 말허지 말라고 혔잖여."

파블로 부자와 대식이었다. 대식이 영어가 늘은 것은 미국에서 만났을 때 봤기에 놀랍지 않았지만, 대식에게 배웠는지 한국말을 하는 파블로의 모습에 윤후는 소리 내서 웃었다.

"이 시끼가 내가 허지 말라고 혀도 계속 따라 허네."

대식은 웃는 얼굴로 파블로의 머리를 헝클어뜨리고는 윤후에게 다가왔다.

"미안혀. 조금 늦어부렀어."

대식은 윤후의 얼굴을 가만히 살폈다. 김 대표와 마찬가지로 윤후에 대해 많은 부분을 알고 있었고, 한국으로 오면서 미리 얘기를 전해 들었다.

그렇기에 내심 걱정하고 왔는데 지금 윤후의 얼굴은 생각보다 밝아 보였다. 대식은 윤후를 보며 피식 웃었다.

"나헌티도 다시라고 할 건 아니쟈?"

*　　　*　　　*

늦은 밤임에도 불구하고 라온 사무실에는 불이 켜져 있었다. 그리고 그곳에 앤드류가 자리했다. 마치 라온의 직원처럼 자연스러운 앤드류는 최 팀장과 함께 고개를 맞대고 있었다.

"사진이 100장이 넘습니다."

"그렇군요. 이걸 패키지 앨범에 넣는 것은 조금 무리가 있어 보입니다."

"사진을 전부 싣는다 해도 일반인도 있어서 동의를 구해야 하고 무엇보다 명목상 앨범인데 곡은 한 곡이고 나머지는 사진이란 점도 문제가 있어 보입니다."

앤드류와 최 팀장은 윤후의 앨범에 대해 매우 진지하게 대화 중이었다. MfB에서 팀원도 한국에 도착했지만 앤드류는 팀원들과 상의할 수 없었다.

윤후와의 계약은 한 앨범에 대한 것뿐이었기에 지금 앨범은 엄연히 따지면 계약 외의 일이었고, 앤드류 혼자만의 판단이었다. 그래서 도움을 청한 곳이 라온이었다.

하지만 너무 늦은 시간인 탓에 회사에 남아 있던 사람이 몇 없었고, 그나마 소통이 가능한 최 팀장과의 얘기가 시작되었던 것이다. 하지만 생각보다 일이 잘 풀리고 있지 않았다.

그때, 사무실 문이 열리면서 김 대표가 뒤에 따라오는 사람을 구박하며 들어왔다.

"야, 기자들이 윤후 얘기를 물어봐도 그냥 모른다고 하라고 했잖아!"

"내가 뭘요?"

"왜 자꾸 아는 것처럼 뜸 들여? 뭐 기자들이랑 스무고개하냐?"

"아우 참, 그러니까 나가지 말고 시켜 먹자니까!"

이종락을 구박하며 들어오던 김 대표는 사무실에 있는 앤드류를 보고 깜짝 놀랐다.

"앤드류 씨가 왜 여기에……."

최 팀장은 윤후 앨범에 대한 얘기를 꺼냈다. 김 대표는 윤후가 찍은 사진을 한 장씩 넘겨가며 얘기를 들었고, 모두 듣고 난 뒤 앤드류와 최 팀장을 한심스럽다는 얼굴로 쳐다봤다.

"윤후가 말한 게 그게 아닐 텐데? 기다려 봐. 직접 물어보게."

김 대표는 곧바로 전화를 꺼내 들어 윤후에게 전화를 걸었다.

"윤후야, 너 CD 제작해 달라고 했어?"

—네. 앤드류 씨한테 부탁했는데요.

"어, 그래. 들었어. 그런데 몇 장이나?"

—한… 백 장 좀 넘게 있었으면 좋겠는데요. 노래 불러주신 분들한테 한 장씩 드리고… 엄마한테 드리려고요.

"하하, 그렇지? 알았다. 그래도 기왕 만든 김에 음원은 내는 게 좋지 않을까? 엄마 선물인데 요새 누가 CD로만 노랠 들어. 안 그래?"

—아, 그러네요. 앤드류 씨한테 말할게요.

전화를 끊은 김 대표는 두 사람을 보며 혀를 찼다. 차마 앤드류에게는 대놓고 하지 못하겠는지 최 팀장이 집중 공격을 받았다.

"최 팀장, 똑바로 알아보고 하란 말이야. 똑바로."

"네, 죄송합니다."

"음원은 내도 된다고 그랬으니까 그거 얘기나 해. 괜히 쓸데없는 데 힘 빼지 말고."

최 팀장은 앤드류에게 상황을 설명해 주었다. 그제야 진지하게 회의하던 것이 무안했는지 연신 헛기침을 해댔고, 김 대표는 그 모습을 보며 자리에서 일어섰다.

"뭐, 공연 몇 시간 전에만 음원 나와도 굉장할 텐데. 하긴 이틀밖에 안 남아서 무리긴 하지."

앤드류는 김 대표가 또 무슨 말을 했는지 궁금한 마음에 최 팀장을 바라봤다. 최 팀장도 모르고 있었기에 멀뚱히 보자 김 대표가 고개를 저으며 말을 툭 뱉었다.

"윤후가 그 많은 사람들 목소리가 좋아서 부탁했겠냐? 친구 사랑하려고 그러는 거 아니야. 공연장에 친구 엄청 많잖아."

최 팀장에게 전해 들은 앤드류는 자리에서 일어서더니 김 대표에게 박수를 보냈다.

*　　　　*　　　　*

공연 당일. 공연 시간인 6시가 되려면 아직도 멀었건만 고척돔 경기장에는 사람들이 하나둘 모이기 시작했다.

지정석이기에 일찍부터 와 있을 필요가 없었다. 게다가 공연 스태프도 도착하지 않았는데 자기들끼리 알아서 줄을 서고 있었다.

그 줄을 선 사람들을 보며 소리치는 사람이 있었다.

"자, 추우니까 핫팩 다 받고! 여기 앞에 뜨거운 음료 있으니까 지역 임원들은 전부 전달해 주세요!"

"언니, 응원 맞춰봐야 하는 거 아니에요?"

"절대 안 돼! 시민들한테 피해 갈 수 있으니까 절대 하면 안 돼! 그리고 쓰레기봉투 다 챙기고!"

사람들은 매우 정돈된 줄을 유지한 채 자리에 앉았다. 그때, 주차장이 아닌 줄을 서 있는 곳까지 차가 들어왔다.

"뭐야, 왜 여기까지 차가 들어와? 뒤에 일어서서 비켜줘!"

줄을 서 있던 팬들은 얼굴을 찡그리며 쳐다봤고, 꽤 많은 트럭에서 사람들이 내리더니 짐칸에서 무언가를 꺼내기 시작했다.

팬들을 지휘하던 사람이 무슨 상황인지 알아보려 앞으로 갈 때, 익숙한 얼굴이 보였다.

"주희 언니!"

"어, 진주야! 어떻게 왔어? 이 실장님도!"

"내가 팬카페 관리하는데 어떻게 몰라요! 6시간 전부터 기다린다고 추울까 봐 우리 후 님 회사에서 특별히 마련해 준 거예요."

김진주가 신나서 떠들 때 이종락이 길게 늘어진 줄을 보며 혀를 내밀었다.

"이 기자님, 오랜만입니다."

"이 실장님도 오랜만이에요. 와, 너무 감동이다. 역시 우리 후 님."

이주희는 팬들이 서 있는 줄 중간중간에 이동식 난로를 설치하는 사람들을 쳐다봤다. 당연히 팬들은 난리가 났다. 난로를 배경으로 인증 사진을 찍는 것은 기본이고 별것도 아닌 난로에 감동받아 울먹이는 팬들도 있었다.

이종락은 전보다 더 과한 반응을 보이는 팬들의 모습에 몸을 떨고는 이주희에게 말했다.

"3시에 음원 나와요."

"네? 무슨 음원이요? 무슨 음원을 3시에……."

"얼마 전 기사 많이 나갔죠? 재진이 형이랑 루아 까였다고 나온 윤후 신곡."

"어! 진짜요?"

이종락은 약간 미안한 얼굴을 하며 마저 말했다.

"실은 제가 여기까지 온 이유가 그 곡 때문이에요. 시간이 없어서 오늘 발표가 안 될 줄 알았거든요. 한데, 윤후 인지도가 워낙 좋으니까 다행히 올라가긴 했네요."

"그걸 우리한테 말도 안 해주고요?"

"진정 좀… 그래서 제가 왔잖아요. 저기 MfB에서 보낸 선물하고 같이."

이종락은 화를 내려고 하는 이주희를 빠르게 진정시키고 말을 이었다.

"사실 음원으로 발매하려던 것도 아니었거든요. 홍보도 못할 정도로 급하게 낸 이유가 있어요. 좀 이따가 노래를 들어보면 아시겠지만……."

이종락은 노래에 대한 얘기를 해주었고, 그 얘기를 들은 이주희는 이해했다는 듯이 고개를 끄덕였다.

윤후의 기본적인 가족 관계는 그동안의 취재를 통에 당연히 알고 있는 사실이었다.

윤후가 어떤 마음으로 노래를 만들었고 MfB에서 왜 그렇게 급하게 음원을 공개하는지 알게 된 이주희의 눈빛이 불타올랐다.

이주희는 이미 자신처럼 활활 불타오르는 눈빛의 김진주와 부탁한다는 눈빛을 보내는 이종락을 보며 맡겨만 달라는 듯 불끈 쥔 주먹을 들어 올렸다.

그러고는 더 이상 들을 필요도 없다는 듯 곧바로 휴대폰으로 메시지를 날리더니 뒤돌았다.

"야야, 김진주, 넌 일해야지. 눈 풀어라."

"아, 오늘은 그냥 저기 있고 싶다."

이주희는 어느새 사람들에게 둘러싸여 있었고, 좀 전에 들은 얘기를 설명 중이었다. 그 모습을 본 이종락은 자신도 모르게 침을 삼켰다.

"아니… 무슨… 전쟁하러 가냐. 여자애들 표정이 왜 저래?"

이주희에게 내용을 전달받은 사람들은 휴대폰 메시지를 작성하는 듯 보였다. 잠시 뒤, 줄 곳곳에서 사람들이 일어나 주변 사람들에게 설명해 주는 모습이 보였다.

난로가 필요 없을 정도로 뜨거운 기운이 느껴졌다.

마치 음원 공개 시간인 3시만 기다리는 듯 다들 시계만 들여다보고 있었다.

Chapter 8
걱정하지 말아요II

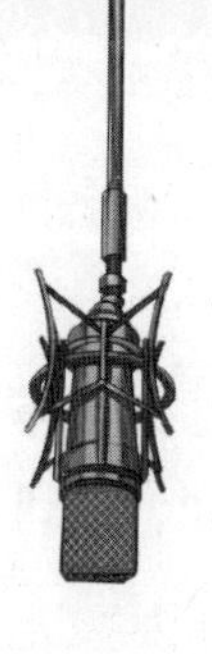

윤후는 최종 리허설을 위해 일찍부터 공연장에 도착했다. 어느새 긴 투어의 마지막 공연이었다.

윤후는 투어라기보다 자신의 친구들을 자랑하고 싶은 마음에 그 어느 때보다 설레는 기분이었다. 그리고 리허설도 아직 끝나지 않았고 공연 시작까지는 시간이 많이 남았건만 윤후가 걱정되어 일찍 온 론도 함께였다.

론을 쳐다보니 이어폰을 꽂은 채 울먹이고 있었다.

"론, 왜 그래?"

"아, 아니야."

"왜 그러는데."

"아니라니까. 참, 너 사진기 좋더라?"

"아, 그거? 엄청 좋지. 저번에 내가 소개해 준 대머리 대표님, 그분이 선물로 주신 거거든."

론은 자연스럽게 말을 돌렸고, 윤후는 자연스럽게 넘어왔다. 옆에서 그 모습을 지켜보던 앤드류는 심호흡을 하고 있었다. 다른 사람이 도착하지 않았기에 윤후의 솔로 리허설부터 시작되었다.

"다녀올게."

윤후가 나가자 앤드류는 낮게 깔린 목소리로 론에게 말했다.

"조심해 주시죠."

"네, 죄송해요. 궁금해서… 그런데 아무리 그래도… 자기 노래인데……."

"서프라이즈 이벤트입니다."

"네, 알겠어요."

매우 근엄한 얼굴로 말하는 앤드류의 모습에 론이 어쩔 수 없이 알았다고 고개를 끄덕일 때, 대기실 복도에서부터 큰 소리가 들려왔다.

"야, 윤후야! 너 신곡 떴더라! 하하! 지금 사람들이 갑자기 신곡 발표라고 난리도 아니… 왜 그렇게… 보세요?"

리허설 때문에 일찍 온 제이는 신이 난 목소리로 대기실로 왔고, 대기실에는 윤후가 아닌 자신을 노려보는 앤드류가 있었다.

말이 안 통하니 이유를 모르겠기에 어색하게 방 안만 두리번거릴 때, 앤드류가 검지를 입에 대더니 제이의 귀에 대고 속삭였다.

"서프라이즈."

그리고 윤후에게 가려고 대기실을 나간 앤드류는 그 뒤에도 연신 서프라이즈를 외치고 다녔다.

당연히 MfB 직원들과 라온의 직원들은 다 알고 있었기에 조심스러웠지만, 소속 가수나 세션들은 아니었기에 그들을 입단속 시키는 앤드류가 제일 바빠 보였다.

* * *

앤드류의 바람대로 윤후만 자신의 곡이 공개된 걸 모르고 있었다. 하지만 오랜만에 한국어로 발매된 음원은 미친 듯이 퍼지기 시작했다.

차트 순위에는 아직 반영되지 않았지만, 순위가 갱신되고 나면 두말할 것도 없이 1위임이 틀림없었다.

팝송 위주의 라디오 방송에서조차 윤후의 신곡임을 알리며 공개했고, SNS에는 윤후의 신곡에 대한 평가가 가득했다. 그 어떤 홍보도 없이 윤후의 이름이 가진 효과였다.

그리고 사람들은 노래를 듣고 나서야 왜 윤후를 만나러 간 사람들이 그렇게 많았고, 그 많은 사람들이 왜 하나같이 울면서 나왔는지 알게 되었다.

엄마에게 쓰는 편지.

어떻게 보면 신파극 감성팔이로 생각할 수 있었지만, 윤후는 이미 방송으로 자폐증이라는 걸 밝혔다.

그리고 윤후에게 관심이 있는 대중들은 윤후의 가족이 아빠뿐이라는 것도 알고 있었다. 그런 상황을 알고 들어서인지 이상하게 가슴이 울렁거렸다. 왠지 노래를 듣고 있으면 눈가가 촉촉해진 채로 자신도 모르게 고개를 끄덕거렸다.

그리고 그 사람들은 윤후의 상황을 모르는 사람들을 위해 윤후의 영상들을 캡처해 윤후가 노래를 쓴 배경을 추측하는 글을 올렸다. 정확하진 않지만 어느 정도 맞는 글도 있었다.

—자폐증인 자신을 걱정하는 엄마가 편히 쉬지 못할까 봐 보내는 편지 같은 노래.

그런 글과 함께 노래를 들은 사람들은 윤후가 옆에 있었다면 머리라도 쓰다듬어 줬을 것만 같은 기분이었고, 따뜻한 말이라도 건네고 싶었다.

게다가 발매된 지 얼마 되지도 않았건만 인터넷에는 윤후를 응원하는 영상들이 올라오고 있었다.

당연히 이 모든 상황을 모르는 윤후는 오로지 무대에 신경이 쏠려 있었다. 그리고 객석이 꽉 차 있는지 대기실까지 윤후의 공연 트레이드마크인 떱송이 들려왔다.

이미 준비하고 있던 윤후는 파이팅을 위해 모여 있는 사람들을 보며 씨익 웃었다.

"다녀올게요. OTT 너희들, 바로 준비해. 잘 부탁해."

"네, 윤후 형! 다녀오세요!"

윤후가 무대로 가고 난 뒤 대기실은 난리도 아니었다. 다들 휴대폰을 들고 윤후에 대한 기사를 검색했고, 가수들의 매니저는 억지로 휴대폰을 뺏어갔다.

"야, 그거 보지 마! 목 잠겨! 보지 말래도! 듣지도 마! 나중에 들어!"

*　　　*　　　*

관객들이 부르는 떱송을 들으며 무대에 올라온 윤후는 다른 공연 때와 다르게 기타 연주도 하지 않았다. 그저 바쁘게 제일 가까운 관객부터 저 멀리 있는 관객들까지 둘러보기만 했다.

초록 물결.

싱글 앨범에 들어 있던 수건을 높이 치켜들고 좌우로 흔들고 있었다. 덥송의 가사가 한국어이다 보니 발음 자체도 완벽했다.

수만 명의 관객이 마치 하나가 되어 부르는 것처럼 느껴졌다. 그 모습에 윤후는 그제야 한국에 돌아왔다는 것이 실감났다. 윤후는 잠시 기타 연주도 하지 않고, 그저 무대를 산책하듯 서성거리며 각 구역마다 손을 흔들어 인사했다.

덥송이 끝나자 팬들은 윤후에게 환호를 보내기 시작했다. 그리고 그 환호의 중심에 서 있는 윤후도 연신 호응하듯 한참이나 손을 흔들다 마이크를 입에 대고 말했다.

"고마워요. 덥덥이도 있고 덥덥이가 아니더라도 제 노래를 들으러 오신 분들도 있을 거예요. 맞죠?"

윤후의 질문에 관객들은 공연장이 들썩일 정도로 대답했고, 그 모습에 무대 밑에 있는 진행 팀은 초조해지기 시작했다.

그동안은 미리 짜놓은 대본과 완벽하게 일치하는 멘트를 날리던 윤후가 지금은 뉴욕에서의 공연처럼 자기 마음대로 멘트를 날리고 있었다.

진행 팀은 만약에 있을 일을 대비하기 위해 초조한 얼굴로 무대를 지켜봤다. 다행히도 아무 일 없이 윤후가 예정대로 다음 무대를 소개했다.

"오프닝 무대는 항상 관객들이네요. 그래도 정해진 오프닝이 있어서 해야 해요. 제 공연 타이틀이 뭔지 아시죠?"

"퍼펙트! 퍼펙트!"

"네, 맞아요. 제 앨범 제목하고 같아요. 그런데 오늘 공연만큼은 그 주제 말고… 다른 주제였으면 좋겠어요. 친구. 여러분도 친구고 오프닝 무대에 나올 사람들도 친구들이에요. 다른 공연하고 다르게 오늘은 두 팀이 오프닝을 준비했네요. 우선 처음 무대에 오를 친구들은 저한테 처음으로 생긴 동생들이에요. 곡도 잘 쓰고 실력도 좋고, 저를 처음으로 형이라고 불러준 동생들이에요. 아직 인기는 그렇게 많지 않지만, 여러분에게 소개하고 싶어서 꼭 오프닝 무대에 서주길 바랐는데 다행히도 그렇게 됐네요."

윤후의 멘트를 듣고 있는 제이는 무척이나 감탄한 얼굴로 입을 열었다.

"와, 멘트 정말 잘 짰네. 윤후가 엄청 자연스럽게 소화하네. 저러기 쉽지 않은데. 루아 네가 봐도 그렇지 않아?"

"그러게. 오늘따라 더 자연스러워 보인다. 멋있네, 우리 윤후."

윤후의 모습을 지켜보던 앤드류도 마찬가지였다. 한국어로 소개하고 있기에 통역을 통해 전해 들었다. 큐시트에 적힌 소개 글과는 전혀 다른 내용이었다.

마치 윤후가 말한 친구라는 주제처럼 정말 누군가에게 친구를 소개하는 듯 진심으로 소개하고 있었다.

앤드류는 멘트가 적혀 있던 큐시트를 피식 웃고는 뒤로 던져 버렸다.

윤후의 소개가 이어졌다.

"사실 이 친구들의 그룹명도 제가 지어줬어요. 노래도 당연히 제가 편곡해 줬고요. 그럼 소개해 볼게요. Over the top. OTT!"

윤후의 소개가 끝나자 한껏 상기된 얼굴의 OTT 멤버들이 뛰어올라 왔다. 그와 동시에 예정대로 OTT의 노래가 나오기 시작했음에도 OTT 멤버들은 윤후의 소개에 감동받았는지 무대를 내려가는 윤후의 뒷모습에 고개를 숙여 인사했다.

윤후의 소개 때문인지 팬들의 반응이 굉장했다. 이런 큰 무대를 처음 서보는 OTT였기에 수만 명의 환호에 당황할 만도 했지만, 윤후의 소개에 힘을 얻었는지 무대를 미친 듯이 뛰어다니며 소화했다.

그리고 노래가 끝나자 세 멤버가 동시에 외쳤다.

"후 형! 사랑해요!"

관객들은 그 말에 미친 듯이 반응했다. 그리고 원래대로라면 다음 무대를 자신들이 소개해야 했지만 약간 붉어진 얼굴로 무대를 올라오는 윤후가 보였다.

그 모습을 본 멤버들이 손을 흔들자 팬들의 시선이 다시 윤후에게 쏠리며 또다시 환호가 터져 나왔다.

OTT 멤버들은 윤후의 모습에 오히려 당황스러웠다. 분명 저럴 사람이 아닌데 자신들이 흔드는 손에 대답이라도 하듯 손을 흔들고 있었다.

그래서 멤버들은 무대에 올라와 마이크를 잡고 있는 윤후를 멀뚱히 쳐다보고 있었다. 결국 스태프들이 끌고 내려와야 했다.

윤후는 스태프들에게 끌려 내려가는 멤버들을 보고 피식 웃으며 말했다.

“잘하네요. 연습할 때보다 훨씬 잘해서 저도 놀랐어요. 저 친구들이 저렇게 잘해서 다음에 올라올 친구들은 긴장하고 있겠네요. 다음에 올라올 친구들은 제가 작사, 작곡, 편곡, 프로듀싱까지 전부 참여했어요. 저하고 스캔들이 있어서 여러 분한테 욕도 좀 먹기도 했는데 전혀 그런 관계 아니니까 많이 응원해 주세요. FIF!”

*　　　*　　　*

그 뒤로도 윤후는 무대에 올라오는 사람들을 전부 소개했다. 관객들이 알 만한 루아와 제이를 소개했고, '빈센트'를 부르는 다즐링도 친구라며 소개했다.

심지어 VIP석에 앉아 있는 론과 은주, 그리고 이진술까지 소개했다.

'Lon'을 부를 때는 론을 소개했고, '빈센트'를 시작하기 전에는 은주를, 그리고 '스마일'을 시작하기 전엔 이진술을 소개했다.

모두가 친구라는 이름으로.

소개가 많다 보니 정해진 공연 시간을 넘길 것 같았다.

그럼에도 진행 팀은 물론이고 앤드류까지 그런 윤후를 제지하지 않았다.

오히려 자연스러워 보이는 모습에 그동안의 공연보다 훨씬 좋게 느껴지고 있었다.

공연은 어느새 거의 끝 무렵이었다. 앨범의 마지막 곡만 남겨두고 있었다.

"지금 부를 곡은 제 얘기가 아니라서 정말 많이 고민하면서 만든 곡이에요. 다른 사람은 어떻게 생각할지 상상도 해보고, 정말 그 사람이 되어보기도 하고, 그러다 보니 스스로 많이 성장할 수 있도록 도와준 곡이에요. 무슨 곡인지 아시나요?"

"Thank you! 고마워!"

"네, 맞아요. 저의 새로운 친구가 된 에델 카터."

관객들은 환호를 보냈고, 그중에서도 드럼이 들어가는 모든 곡에 참여하고 있느라 계속 무대 위에 있던 제이의 환호가 제일 컸다.

그리고 지금 부를 'Thank you'를 연주하기 위해 올라와 있는 조셉 부부 역시 제이와 마찬가지였다.

윤후는 무대로 올라오는 에델의 손을 잡아주었다. 그러자 객석에서 환호와 동시에 야유가 터져 나왔다.

"우!! 우!! 손 놔라!! 우!"

윤후가 피식 웃으며 에델과 함께 무대 중앙으로 이동했음에도 팬들의 야유는 줄어들지 않았다.

그러자 에델이 윤후를 째려보고 마이크에 대고 입을 열었다.

"워워, 난 여기 이 사람하고 그런 사이 아니에요! 가족이에요, 가족!"

윤후가 통역하지 않고 웃고 있자 대기하고 있던 사람이 곧바로 통역했다.

윤후가 손을 놓았음에도 야유가 잦아들지 않자 에델이 허리에 손을 올리고 팬들에게 소리를 질렀다.

"그냥 영혼으로 이루어진 가족이라니까! 그리고 나, 따로 관심 있는 사람 있거든요!"

에델의 깜짝 고백에 관객들은 그제야 환호성을 보냈고, 윤후는 에델의 당찬 모습에 고개를 돌려 조셉을 보며 어깨를 으쓱거렸다. 조셉도 고개를 끄덕이고는 미소를 지으며 에델을 봤다. 그런데 에델이 고개를 돌려 쳐다본 곳은 그곳이 아니었다.

아무것도 모르는 관객들은 계속 환호를 질렀지만, 조셉만은 당장에라도 때릴 듯 제이를 노려봤다. 그리고 항상 에델에게 껄떡대는 제이를 알고 있는 김 대표도 지금 자신이 잘못 본 것 같다며 이종락에게 연신 확인했다.

"지금… 뭐 한다는 거 아니지?"

"설마요. 만약에 그러면 전 세계적으로 욕먹을 텐데……."

"그래, 아닐 거야. 그럼!"

관객들은 모르고 넘어갔지만 윤후는 생각지 못한 분위기 탓에 곧바로 'Thank you'를 부르기에는 무리라고 생각했다. 그래서 진행 팀을 쳐다봤지만 바로 'Thank you'를 시작하라는 사인을 보내고 있었다. 온전한 감정을 전달해 주고 싶던 윤후는 잠시 생각했다.

에델의 데뷔가 'Thank you'였기에 자신만의 곡이 없었다.

같이 부를 만한 다른 곡이 있는지 생각했다. 잠시 생각을 마친 윤후는 에델과 자신이 부를 만한 노래가 떠올라 곡 소개도 하지 않고 곧바로 기타를 연주하기 시작했다.

그러자 에델이 단번에 어떤 곡인지 알아채고 미소 지으며 마이크에 대고 말했다.

난 오늘도 그댈 기다려요

갑자기 한국말로 노래를 부르는 에델이었고, 자신들의 말로 노래를 부르는 외국인이 안 좋게 보일 리 없는 팬들도 야유를 보낸 적이 없는 것처럼 에델의 노래에 호응했다.

그러자 뒤에 있던 제이가 조셉의 눈치를 피해 연주에 합류했고, 조셉과 사넷도 마지못해 연주에 동참했다.

정해진 순서가 아닌 즉흥적으로 맞춘 연주임에도 관객들이 정해진 순서라고 느낄 만큼 풍성하게 들렸다.

오래된 노래임에도 아는 사람들은 따라 부르기 시작했고, 노래를 마칠 때쯤에는 윤후가 생각한 대로 분위기가 조금 차분해졌다.

그러자 윤후는 멘트도 하지 않고 곧바로 기타를 연주하기 시작했고, 거기에 맞춰 조셉이 따라붙었다.

* * *

공연의 모든 순서를 마친 윤후는 무대 중간에 서서 관객들에게 인사를 건넸다. 오늘 공연을 마음대로 하긴 했지만, 마지막 곡은 대본대로 앙코르로 하려고 했다. 그런데 관객들의 모습이 이상했다.

앙코르를 외치지도 않았고, 자리에서 뜨지도 않았다. 아직 공연이 남아 있다는 것을 아는 사람들처럼 가만히 앉아 있었다.

오늘 공연 내내 들리던 환호와 함성조차 들리지 않았기에 윤후는 의아한 표정으로 바라봤다.

그러자 진행 팀이 팔을 크게 돌리며 빨리 소개하고 시작하라는 신호를 보냈다. 신호를 받은 윤후도 의아하긴 했지만 오늘 공연에서 꼭 부르고 싶었기에 고개를 끄덕거렸다.

"아직 한 곡이 더 남았어요. 아직 발표가 안 된 곡인데 곧 발표할 거 같아요. 여러분께 처음 공개하는 곡이네요."

객석 중간중간 소리치는 사람들이 있었지만, 전체적으로 차분한 분위기였다.

의아하긴 했지만 이번 곡만큼은 엄마에게 쓴 곡이기에 팬들의 반응보다 엄마에게 들려주고 싶은 마음이 컸다.

그래도 너무 차분한 분위기에 윤후는 머리를 긁적이고는 준비가 됐다는 신호를 보냈다. 그러자 넓은 공연장에 모든 불이 꺼졌고 핀 조명 하나만이 윤후를 비췄다.

이 넓은 공연장에 마치 윤후 혼자만 존재하는 것처럼 보였다. 그런 윤후가 기타를 튕기기 시작했다.

이 우울한 멜로디. 당신의 편지를 받고 느낀 내 마음이에요

가사처럼 상당히 우울한 멜로디가 공연장 전체에 퍼졌다. 솔직히 앙코르 곡으로 어울리는 곡은 아니었다.

그만큼 듣는 사람조차 가슴이 애절해지도록 만드는 멜로디였다.

그 멜로디에 윤후가 직접 느낀 감정을 쏟아내니 더욱 마음 아프게 다가왔다. 객석 여기저기에서 짐 삼키는 소리만 들려왔다.

그럼에도 윤후는 이미 자신의 노래에 빠져들었는지, 아니면 엄마에게 받은 편지가 떠올랐는지 처음 사람들에게 불러줬을 때처럼 목소리가 약간씩 흔들렸다.

하지만 멈추지 않겠다는 듯 노래를 이어갔다.

제대로 낳아주지 못해서 미안하다는 말, 그 말이 너무 마음이 아팠어요

당신의 말대로 난 이상한 게 아니에요. 특별한 거니까

노래를 이어갈수록 윤후의 흔들리는 목소리를 관객들도 느낄 정도였다. 그런 윤후의 노래와 연주가 일순간에 멈췄다.

윤후가 울음을 참는지 고개를 숙였다.

그러자 팬들 중 이벤트를 위해 참고 있던 눈물을 끝내 참지 못하고 흘리며 소리치는 소리도 들렸다.

그 모습을 지켜보는 다른 사람들도 마찬가지였다.

무대 뒤에서 기다리고 있는 앨범에 참여한 사람늘은 그저 말없이 윤후가 고개를 다시 들기를 마음속으로 응원했다.

그 응원을 느끼기라도 한 듯 윤후가 고개를 들고 나지막이 말을 내뱉었다.

당신에게 친구들을 소개할게요. 나를 걱정하는 그대에게……

그와 동시에 무대 뒤에서 사람들이 쏟아져 나왔다.

객석에 있던 론과 이진술, 은주는 물론이고 연주를 하던 제이와 무대를 함께한 에델을 비롯해 앨범에 참여한 모든 사람이 올라왔다.

윤후가 연주를 할 필요도 없었다.

어느새 조셉이 기타를 연주하기 시작했고, 윤후가 바디를 두드리는 부분은 제이가 드럼으로 대신하고 있었다.

그와 동시에 자신만을 비추던 조명이 어느새 무대 전체를 밝혔다.

윤후가 고마운 사람들과 노래를 부르려 할 때였다.

약 만 오천 석의 객석에서 동시에 불빛이 뿜어져 나왔다.

팬들은 어두운 객석에서 각자의 휴대폰을 들어 올려 마치 객석에 반딧불이 가득한 것처럼 만들었다.

그 모습을 본 윤후는 감정이 한껏 올라온 데다 너무 고마운 나머지 눈물이 나올 것만 같았다.

그 와중에도 노래를 어떻게 해야 할지 걱정스럽던 윤후는 억지 미소를 지으며 노래를 부르려 했지만 그럴 수 없었다.

Don't worry about me. 이 노래 부르는 사람들이 모두 내 친구예요

Don't worry about me. 여기 있는 이 많은 사람들이 전부 내 친구예요

이 넓은 공연장이 울리고 있었다. 어떻게 알고 따라 부르는지는 중요하지 않았다.

그저 엄마에게 걱정하지 말라고 친구들을 소개하고 싶었는데, 지금 관객 전부가 자신들이 친구라는 듯 목이 터져라 부르고 있었다.

윤후는 노래를 부르려던 마음과 다르게 그저 흔들리는 불빛을 보며 하염없이 눈물만 흘렸다.

그런 윤후의 모습이 어느덧 스크린에 나오기 시작하자 팬들도 울음 섞인 목소리로 부르면서 윤후를 위로하듯 더 크게 불렀다.

어느새 윤후의 주변에 친구라고 불리는 사람들이 전부 모여 있었다. 그에 어깨까지 들썩거리며 우는 윤후였다.

어떤 무대라도 완벽한 무대를 보이는 윤후였기에 윤후를 알고 있는 사람들은 지금 저 모습이 신기했지만 어떤 마음인지 충분히 알 것 같았다.

그렇기에 몇몇 사람들은 눈가를 훔치고 있었다.

노래가 막바지에 다다랐고, 마지막 말을 건네고 노래가 끝나야 했다. 그럼에도 윤후는 마이크를 들지 못했다.

그때 누군가가 앞으로 나와 윤후의 옆에 서서 윤후를 대신해 노래를 마무리 지으려 마이크에 입을 가져갔다.

그러고는 윤후가 마무리하는 것처럼 노래가 아닌 말을 천천히 뱉었다.

"Don't worry about who. 이 모든 사람들이 친구야. 굉장히 많지?"

익숙한 목소리에 윤후가 고개를 드니 자신을 보며 웃는 정훈이 보였다.

정훈은 윤후에게 미소를 지으며 어서 엄마에게 부르는 노래를 마무리 지으라는 듯 마이크를 건넸다.

윤후는 마이크를 건네받고 고개를 들어 주변을 쳐다봤다.

고마운 사람들이 전부 자신을 보며 미소를 보내고 있었고, 객석에서는 여전히 불빛을 흔들며 자신을 응원하고 있었다.

윤후는 목을 가다듬고 마이크를 입에 댔다.

그러니 이제… Don't worry about me. 나의 엄마

Chapter 9
시상식

며칠 뒤, 공연이 끝났지만 윤후의 공연에 대한 대중들의 관심은 사그라들지 않았다.

동영상 사이트마다 윤후 공연을 촬영한 영상이 즐비했지만 대중들이 원하는 것은 그것이 아니었다.

Don' t worry about me.

콘서트를 다녀온 팬들은 공연 모두가 좋았다고 했고, 그중에서도 마지막 곡을 부를 때는 평생 잊을 수 없을 것 같다는 후기들이었다. 공연에 다녀온 사람 모두가 그렇게 말했다. 그럼에도 그 부분에 대한 영상은커녕 기사조차 찾아볼 수 없었다.

그리고 공연장에 갔던 기자들은 자신의 SNS 계정에 공연에 동참하느라 촬영할 수가 없었다며 사과했다.

그러다 보니 대중들의 궁금증은 점점 더 커져가고 있었다.

다행히도 MfB에서 공연 영상으로 'Don't worry about me'의 뮤직비디오를 발표한다고 알려왔다.

물론 뮤직비디오를 가장 먼저 보는 사람은 당연히 윤후였다. 윤후와 함께 있던 사람들은 뮤직비디오를 보는 윤후를 신기한 듯 바라봤다.

"또 울어! 그만 울어!"

제이는 어째서인지 윤후의 눈물이 지겹다는 듯 말했고, 주변에 있던 사람들도 모두 동의한다는 듯 고개를 끄덕였다.

"아니, 눈물 한번 터졌다고 어떻게 수시로 울어! 윤후 어젠 다른 노래를 들으면서 울었다니까요. 하, 예전에는 바늘로 찔러도 꿈쩍도 안 했는데……."

제이의 말에 윤후가 영상을 다 봤는지 숨을 고르며 고개를 들었다.

"아, 좋다."

"어휴, 못 말린다."

미소를 짓고 있는 윤후를 바라보는 정훈의 시선에는 뿌듯함이 담겨 있었다.

참다 참다 못 참을 때만 눈물을 보이는 윤후였는데 공연 이후론 감동을 받거나 슬픔을 느끼면 바로바로 표현했다.

감정 표현을 못하던 윤후가 이제는 자연스럽게 웃기도 하고 울기도 했다. 다만 조금 과하다는 것이 문제였지만, 정훈이 느끼기에는 전보다 훨씬 좋았다.

* * *

뮤직비디오가 공개되자마자 가다렸다는 듯이 폭발적으로 조회 수가 늘어났다.

뮤직비디오를 보는 사람들은 관객들이 만든 불빛을 보며 눈물을 흘리는 윤후의 모습에 자신들도 저 객석에 있고 싶다는 생각이었다.

그리고 마지막으로 윤후가 말할 때는 거의 영상을 보는 모든 사람이 가슴이 먹먹해져 그 어떤 반응도 보이지 않았다.

그저 영상이 끝났음에도 멍하니 화면만 바라보고 있을 뿐이었다.

음원이 한국에서만 출시됐기에 동영상만이 윤후의 인기에 걸맞게 엄청난 수로 불어나고 있었다. 세계 각국의 스트리머

들은 자신들 나라의 언어로 해석해 뮤직비디오가 어떤 내용이고 어떤 분위기인지 설명해 주었다.

그리고 하나같이 자신들 나라에서 듣고 싶다는 얘기들이었다. 그러다 보니 한국에서만 음원을 발매하려 한 것이 강제로 해외에 진출하게 되었다.

그래서 윤후는 앤드류가 새로 내민 서류에 사인하고 있었고, 앤드류는 그런 윤후를 물끄러미 바라봤다.

"직접적으로는 마지막 계약이 될 것 같습니다."

공연이 끝남과 동시에 약속한 앨범 한 장에 대한 계약이 끝났다. 계약이 끝났음에도 윤후와 앤드류는 아쉬워하는 얼굴이 아니었다. 후 빌리지에서 윤후의 앞집에 살기로 예정되어 있었고, 한국에 있어도 자주 볼 수 있었다.

라온과 MfB의 협업 관계를 맺어 해외 진출이나 활동 시 MfB에서 도움을 주기로 했다. 물론 MfB도 자선사업을 하려는 것은 아니었다.

K—POP에 대한 관심으로 라온을 교두보로 삼았고, 무엇보다 라온에는 앞으로 윤후가 있을 곳이니 당연하다고 생각했다.

게다가 윤후는 미국에 볼일이 남았기에 당분간은 앤드류와 함께해야 했다.

"해외 공연 때문에 그동안 시상식에 참가하지 못해 주최 측에서 상당히 곤란해하더군요. 그래미에서도 AMA에서도 엄청 곤란해했습니다."

윤후도 알고 있었다. 하지만 공연이 있기에 어쩔 수 없는 일이었다. 그러다 보니 얼마 전에 있었던 그래미에서도 우스운 풍경이 벌어졌다.

시상식에 참석하지 못한 윤후의 이름이 수시로 불렸고, 수상은 대리인인 콜린이 받았다. 문제는 올해의 레코드상까지 윤후가 타게 되면서 그래미상이 허울뿐인 시상식이라는 오명을 쓰게 되었다.

그러다 보니 아직 남은 빌보드 어워드에서는 윤후를 섭외하기 위해 온갖 노력을 쏟아부었다.

윤후가 참석하지 않는다면 그래미 시상식과 마찬가지로 오명을 쓸 게 틀림없었다.

"저희가 예상하기로는 올해의 남자 아티스트, 신인상, 올해의 앨범상 등 총 열두 부문에서 수상하시게 될 것 같습니다."

"꼭 가야 해요?"

"가시는 편이 좋습니다. 그쪽에서 모든 비용을 지급하기로 했습니다. 한국에서 쉬시다가 여행 다녀오는 셈 치고 다녀오시면 됩니다."

윤후는 알았다는 듯 고개를 끄덕였다. 엄청난 성과임에도 정작 윤후의 관심사는 시상식보다 다른 곳에 있었다.

"그런데 아빠는 이사 다 하셨대요?"

"연락해 보겠습니다."

"그러지 말고 가봐요. 다들 같이 있다면서요."

"그럼 준비하겠습니다."

*　　　　*　　　　*

MfB의 한국 지사에서는 전과 다르게 입구부터 경비원이 차를 막아 세웠다. 그리고 신원을 확인한 뒤에야 통과할 수 있었다.

윤후는 이곳에 살면서 약간 번거로울 수도 있을 것 같은 기분이었지만, 그래도 자신의 인기를 알고 있기에 수긍하는 듯 보였다.

그렇게 잠시 이동하자 골목 입구에 커다랗게 쓰인 글이 보였다.

Who Village.

공사는 마무리되었지만 아직 정리 중인 사람들도 보였기에 윤후는 차에서 내려 비어 있는 집들을 쳐다보며 걸음을 옮겼다.

자신이 살던 골목하고 똑같았는데 막상 전부 지어놓고 보니 집들이 비어 있어서 그런지 골목이 썰렁하게 느껴졌다.

윤후가 향한 곳은 자신의 집에서 조금 떨어진 곳이었다.

집이라기보다는 입구가 넓은 단층으로 된 가게처럼 보였다. 윤후는 그 앞에 서 있는 트럭을 보고는 피식 웃으며 안으로 들어갔다.

그곳에는 정훈의 공방에 있던 기계가 전부 자리 잡고 있었다. 수원 공방에는 기자들이 하도 많이 찾아와 아예 이곳으로 옮겨 버린 것이다.

윤후는 오랜만에 나무 냄새를 맡으며 정훈을 찾았고, 설계실 안에 있는 정훈을 발견했다.

그곳에는 정훈뿐만이 아니었다. 서울 구경을 간다며 나간 론과 은주, 이진술과 제이까지 전부 머리를 맞대고 무언가를 열심히 얘기하고 있었다.

윤후는 조용히 걸음을 옮겼다.

"침대가 너무 커. 제이 너도 집 가봐서 알잖아. 주택들이라 생각보다 좁아."

"괜찮아요. 거실에다 놓고 자죠, 뭐. 하하!"

"그래, 뭐. 네가 그렇다면 그렇게 해주긴 할게. 아버님은 침대 싫다고 하셨으니까 농부터 만들죠. 여기서 골라보세요."

가구를 제작하려는 모습에 윤후가 말없이 지켜볼 때, 누군가 어깨를 툭 쳤다. 고개를 돌아보니 언제 왔는지 에델이 서 있었다.

"오빠, 언제 왔어?"

에델의 말에 모두가 윤후를 쳐다보며 잘 왔다는 듯 인사를 건넸다.

"하하, 이웃 주민 왔냐?"

"그러네. 호호! 제이는 말도 잘 지어내."

다들 웃으며 윤후를 봤고, 윤후는 무슨 말을 하는지 모르겠기에 멀뚱히 사람들을 바라봤다.

론만 하더라도 곧 있으면 사진 공부하러 다시 미국으로 가야 했고, 에델은 조셉 부부가 미국에 있으니 당연히 가야 했다.

그래서 쉽게 이해되지 않았기에 이 상황을 알고 있을 만한 앤드류를 쳐다봤다.

"이사 오시면 말씀드리려 했습니다. 론은 미국에 갔다가 강의가 끝나는 대로 MfB 한국 지사로 올 예정이고, 에델 양은 앨범 작업을 후 씨가 있는 한국에서 하고 싶다고 해서 이곳에 머물기로 했습니다. 미세스 조는 당분간 한국에 머물면서 오래전 친구들을 만나고 싶다고 하셨습니다. 그 외에 나머지 빈 집들도 회사 직원들로 채워질 예정입니다."

그제야 윤후는 환하게 웃었다. 앤드류만이 함께할 줄 알았는데 소중한 사람들과 함께할 수 있다니 더할 나위 없이 좋았다.

"야야야, 야! 울지 마라! 벌써부터 울려고 폼 잡네!"

"아니에요. 좋아서 그래요. 그럼 다들 언제 이사 와요? 어디로요?"

"야야, 천천히 말해. 너 요즘 너무 변했다?"

당황하는 사람들의 얼굴에도 윤후는 환한 미소를 보였다.

"가족처럼 같이 살고 좋잖아요!"

*　　　*　　　*

5월 달. 그동안 활동이 없던 윤후가 오랜만에 갖는 공식 활동이었다. 각종 매체에서 윤후를 인터뷰하기 위해 몰려들었다.

인터뷰에 응하지 않을 것임을 알면서도 출국하는 사진만이라도 찍으려는 사람들로 공항이 북새통을 이뤘다.

"그때 공연 이후로 처음인가?"

"그렇죠. 엄청 기대돼요."

"기대는 무슨… 사진이나 찍을 수 있게 카메라나 쳐다봐 줬으면 좋겠다."

기자들도 인터뷰를 기대하지 않았다. 그렇게 윤후를 기다릴 때, 멀리서부터 환호와 팬들이 지르는 비명이 들려왔다. 그런데 좀처럼 그 소리가 좁혀들지 않았다.

"뭐야? 무슨 일 있는 거야? 왜 이렇게 더뎌?"

기자들은 고개를 들어 기웃거렸고, 차에서 내린 뒤 전혀 이동하지 않고 서 있는 것을 발견했다.

기자들은 급하게 윤후에게로 향했고, 예전처럼 경호원들에게 둘러싸인 윤후를 발견했다. 그리고 왜 이동이 더딘지 알 수 있었다.

"어? 후가 팬들한테 저렇게 사인해 준 적 있어?"

"그러게요. 사진도 찍어주는데요?"

"무슨 일이지? 빨리 가보자."

기자들의 말대로 공항에 도착한 윤후는 일일이 팬들과 사진을 찍고 사인도 해줬다. 그 덕에 앤드류는 물론이고 일정을 함께하는 대식마저 죽을 맛이었다.

"언제까정 그러고 있을 겨? 안 갈 겨?"

"시간 있잖아요."

"그려도 네가 이렇게 길을 막고 있으면 시민들헌티 피해 가는 거 몰러?"

앤드류는 그저 대식에게 응원하는 눈빛을 보내며 한발 떨어져 있었고, 윤후는 계속해서 팬들과 인사를 나눴다. 그러자 몰려드는 팬들 때문에 경호원들이 막았고, 이번에는 경호원이 윤후의 대상이었다.

“어? 오랜만에 보네요? 와, 반가워요! 몇 달 만에 보네요!”

경호원은 당황한 얼굴로 윤후의 말을 못 들은 척하며 팬들을 막아섰고, 그 모습에 대식은 진저리를 쳤다.

“워째 저렇게 말이 많아졌다. 저 수다쟁이 이미지 생길까 봐 토크쇼도 못 나가고 말이여. 아오, 미쳐불겄네. 옛날이 그립구먼.”

윤후는 대식의 말에 팬들에게 미소와 함께 다음에 보자며 인사했다. 팬들이 비켜줄 리 없지만 윤후는 직접 비켜달라고 말하며 걸음을 옮겼다. 하지만 몇 걸음 걷지도 못하고 또다시 멈춰야 했다.

“후 씨, 지금 기분이 어떠십니까? 빌보드에서 거의 모든 상을 받을 거라 예상하는데 어떻게 생각하십니까?”

앤드류가 급하게 막아섰지만 윤후가 더 빨랐다.

“기분 좋아요. 상은 아직 안 받아서 모르겠는데 감사하게 생각하고 있습니다.”

“해외에서도 그동안 시상식에 참석하지 않던 후 씨가 참석한다는 것에 큰 기대를 하고 있습니다. 빌보드 뮤직 어워드에만 참석하시는 이유가 있나요?”

“그런 건 없고요, 그동안은 공연을 하느라 시상식에 못 갔을 뿐이에요. 그래미나 AMA나 전부 감사하게 생각하고 있습니다. 트로피도 전부 소중하게 간직하고 있고요."

기자들의 갑작스러운 질문에도 윤후는 매우 능숙하게 대답했다. 대식은 미리 준비했느냐며 앤드류에게 물었고, 앤드류는 대답 대신 어깨를 으쓱거리는 모습으로 대신했다.

그러고는 기자들의 모든 질문에 대답할 것처럼 멈춰 서 있는 윤후를 데리고 이동했다.

*　　　*　　　*

오랜만에 뉴욕에 도착한 윤후가 향한 곳은 당연히도 음악감독 아저씨의 스튜디오였다.

스튜디오에 오고 나서야 조용해진 윤후였고, 대식과 앤드류는 진이 빠진 얼굴로 소파에 쓰러졌다. 그때 윤후가 아직 끝나지 않았다는 듯 고개를 빠르게 돌렸다.

"아, 맞다. 앤드류 씨."

"네… 네?"

"그런데 오늘 어디 가세요?"

"아, 별일 아닙니다."

"왜요? 무슨 일인데요?"

앤드류는 말하기 곤란한 얼굴을 하고 있을 때, 대식이 대신 입을 열었다.

"야, 앤드류 씨도 집에 가족 있잖여. 오랜만에 왔는디 가족 봐야 허잖여. 너만 보면 쓰겄냐?"

"아, 그러네요. 죄송해요. 거기까진 생각도 못 했어요."

곧바로 사과하는 윤후의 모습에 앤드류는 피식 웃어버렸다.

"아닙니다. 이틀 정도 자리를 비워도 되겠습니까? 저번에 보신 톰이 이틀간 대신할 예정입니다."

윤후는 고개를 끄덕거리다 말고 앤드류를 빤히 쳐다봤다.

그러자 앤드류는 당황했고, 윤후의 눈빛을 읽은 내식이 벌떡 일어나 앉았다.

"너 설마 따라갈 생각은 아니자? 네가 가믄 남의 가족 모임을 방해허는 거여. 갈 생각 미리 접어부러."

"왜요. 앤드류 씨가 제 가족이면 앤드류 씨 가족도 제 가족이나 다름없죠."

"이 시끼야, 너 온 세상 사람을 네 가족으로 만들려고 그러는 겨? 나도 가족이고? 어? 또 누구여? 너 접 때는 연습실에 생수 배달 온 사람한테도 가족이라고 그러더만. 위 아 더 월드여, 뭐여?"

대식은 윤후를 뜯어말렸고, 윤후도 아쉬운 얼굴이었지만 이해한다는 듯 고개를 끄덕였다. 그러자 앤드류가 약간 멋쩍어하는 얼굴로 입을 열었다.

"괜찮으시면… 식사 초대는 가능할 것 같습니다."

"좋아요! 지금 가요!"

앤드류는 곧장 자리에서 일어서는 윤후를 보며 멋쩍게 웃었다.

*　　　　*　　　　*

앤드류의 아내 앨리샤는 딸 제나의 하교 시간에 맞춰 기다리고 있었다. 평소에는 스쿨버스로 통학했지만, 기운이 없는 딸의 모습 때문에 근 한 달 동안 직접 등하교를 시켜주고 있었다.

그리고 마침 딸 제나가 털레털레 나오는 모습이 보였다.

"제나!"

오늘도 힘이 없는 제나의 모습에 앨리샤는 안쓰러워 머리를 쓰다듬고 벨트를 매주었다.

앨리샤는 제나가 기운이 없는 이유를 당연히 알고 있었다. 열두 살의 나이였고, 당연히 연예인에 민감했다.

그러다 보니 학교 친구들에게 아빠에 대한 얘기를 자랑스럽게 꺼내놓았다.

하지만 앤드류의 성격상 딸에게 인증 사진 같은 것을 보내줄 리가 없었다.

자랑하던 것과 다르게 보여줄 것이 없다 보니 친구들이 진짜인지 의심했다. 물론 윤후의 옆에서 종종 앤드류의 모습이 비췄기에 증명은 됐지만, 제나는 상당히 속상해했다.

그 이유를 학교 선생님에게 들은 앨리샤였고, 다행히도 앤드류가 집에 온다고 알려왔다.

앨리샤는 여전히 풀이 죽어 있는 제나를 조용히 불렀다.

"제나, 오늘 무슨 날인지 알아?"

"무슨 날이에요?"

"잊었어? 오늘 제나가 가장 사랑하는 사람이 오는 날인데?"

"리얼리? 대디? 꺄아악!"

발까지 동동 구르며 신나하던 제나가 갑자기 눈을 반짝이며 앨리샤를 쳐다봤다.

"후! 후랑 같이 사진 찍었대요? 네? 네?"

"그렇겠지, 아마도?"

앨리샤는 어깨를 으쓱거리며 대답은 했지만 남편의 성격상 후와 사진을 찍었을 것 같진 않았다.

*　　　*　　　*

집으로 돌아온 앨리샤는 신난 얼굴로 친구들에게 메시지를 보내는 제나를 바라봤다. 남편인 앤드류가 제발 윤후와 사진

한 장만이라도 같이 찍었길 바라는 마음이다.

하지만 앤드류의 성격을 잘 알고 있는 앨리샤의 얼굴은 걱정이 가득했다. 그때, 앤드류에게서 전화가 왔다.

—앨리샤, 저녁 시간에 맞춰서 도착할 것 같아.

"알았어요. 제나가 기다리니까 빨리 와요. 제나 선물은 샀어요?"

—아, 아무래도 곤란할 것 같아. 내일 사주도록 할게. 그리고 손님이랑 같이 갈 거 같아.

"아니, 이렇게 오랜만에 오… 아니에요. 알았어요."

앨리샤는 화를 삭이려 숨을 골랐다. 그러면서 이해한다는 듯 고개를 끄덕이고는 전화를 끊었다. 그러자 그 모습을 지켜보던 제나가 걱정스러운 얼굴로 물었다.

"아빠 못 온대요?"

걱정하며 묻는 제나의 모습에 앨리샤는 얼굴을 풀고 곧바로 미소 지었다.

"아니야. 오실 거야. 제나는 선물로 받고 싶은 거 있어? 아빠가 우리 제나더러 직접 고르라고 그러는 거 같은데? 아주 좋은 걸로 사주고 싶어서."

"아! 나 가방! 아니, 후하고 아빠하고 찍은 사진?"

앨리샤는 곤란한 얼굴을 숨긴 채 말없이 제나의 머리를 쓰다듬었다. 그러고는 제발 앤드류가 윤후와 함께 찍은 사진이

나 친해 보이는 무언가가 있길 바라는 마음으로 기도했다.

한참을 제나의 머리를 쓰다듬던 앨리샤는 자리에서 일어나며 제나에게 손을 내밀었다.

"저녁에 손님이 오신다니까 준비해야겠네. 제나가 도와줄래?"

"네. 전 쿠키 만들래요."

"그럴까? 제나가 쿠키를 만들어주면 아빠가 좋아하시겠네."

제나는 팔까지 걷어붙이고 준비했다.

앨리샤는 쿠키 반죽을 만들어 제나에게 주고 난 뒤에야 세대로 된 저녁을 준비하기 시작했다.

"몇 사람인지 말도 안 해주고……."

앨리샤는 고개를 젓고는 넉넉하게 스테이크와 거기에 곁들일 야채를 준비했다. 준비할 게 많다 보니 시간이 꽤 많이 흘렀음에도 아직 준비가 덜 됐건만 앤드류가 벌써 도착했는지 벨 소리가 울렸다.

"제나, 아빠 왔나 보네!"

그러자 오븐에 굽기만 하면 되는 쿠키를 바라보던 제나가 벌떡 일어섰다. 그 모습에 앨리샤도 미소를 짓고 곧바로 따라나섰다. 현관문을 여니 오랜만에 보는 남편의 얼굴이 보였다.

"앤드류!"

"대디!"

"앨리샤, 제나."

앤드류의 가족은 오랜만에 보는 서로의 얼굴을 쓰다듬으며 반가워했다. 앤드류는 가족과의 가벼운 포옹을 마치고 곧바로 입을 열었다.

"손님이 계셔."

앨리샤는 손님이라는 사람을 바라봤다. 덩치가 상당히 큰 동양인과 남의 집에 오면서 모자를 푹 눌러쓰고 그것도 모자라 마스크까지 착용하고 있는 사람이 보였다.

그 이상한 모습에 약간 불쾌했지만 남편의 손님이기에 미소를 지으며 인사를 건넸다.

"어서 오세요. 앨리샤, 앨리샤 윌슨이에요. 제나?"

"안녕하세요. 제나 윌슨입니다."

그러자 앞에 있는 사람이 모자를 벗더니 곧바로 마스크까지 벗었다. 그러고는 활짝 웃으며 인사를 건네려 했지만, 인사보다 빠른 제나의 외침이 있었다.

"…후! 후! 마미! 후예요! 후!"

앤드류는 당황한 얼굴로 손가락질을 하는 딸을 진정시켰고, 윤후는 제나를 가리키며 웃으며 말했다.

"제나! 제나다! 앤드류 씨 딸 제나!"

"뭐 허는 짓이여. 인사혀야지. 아, 미치겄네."

"아, 하하, 안녕하세요. 오윤후라고 해요. 초대해 주셔서 감사합니다."

앨리샤는 어떻게 된 상황인지 제대로 인식하지 못하는지 멍하니 윤후의 얼굴만 쳐다봤다. 그러자 앤드류가 헛기침을 하며 가볍게 앨리샤의 등에 손을 올렸다.

"아, 죄송해요. 들어오세요. 들어오세요."

그제야 윤후는 미소를 지으며 집 안으로 들어섰다.

"실례하겠습니다."

* * *

식탁에 있는 사람 중 식사를 제대로 하고 있는 사람은 윤후와 대식뿐이었다. 넉넉하게 준비하길 잘했다는 생각이 들 정도로 대식은 엄청나게 먹어댔고, 윤후는 자신을 보는 시선들이 익숙하기에 자연스럽게 식사했다.

하지만 앨리샤는 아직까지 멍한 얼굴이었고, 제나는 윤후를 신기한 얼굴로 바라보고 있느라 식사를 하지 않고 있었다. 그리고 앤드류는 혹시나 가족이 실수할까 봐 걱정하느라 바빴다. 그때, 윤후가 먼저 입을 열었다.

"이 사람한테는 돈 받으세요. 너무 많이 먹네요."

"컥!"

"형은 꼭 돈 내고 가세요."

대식은 보고 있는 눈이 많기에 차마 뭐라 하진 못하고 붉어진 얼굴로 들고 있던 포크를 조심히 내려놨다.

그 모습을 본 앨리샤가 작게 웃었다. 앤드류가 윤후에 대해 말을 하지 않았기에 어떤 사람인지 모르고 있었다.

다만 윤후와 공연을 한 사람들의 인터뷰에서 기계 같다는 말이나 차갑다는 말이 많았는데, 같이 자리해 보니 인터뷰에서 본 내용과 다르게 생각보다 유쾌한 사람 같았다.

"괜찮아요. 많이 드세요."

그러자 윤후가 미소를 지으며 제나 앞에 놓은 스테이크를 가리켰다.

"제나, 그거 안 먹으면 저 아저씨가 달라고 할걸."

그러자 대식은 부끄러운지 고개를 숙인 채 윤후에게만 들리게끔 조용히 말했다.

"그만혀, 이 수다쟁이 시끼야."

제나도 자신에게 농담을 건네는 윤후의 모습에 마음이 편해졌는지 식사를 시작했다. 그리고 대식을 판 윤후의 농담 덕분에 식탁의 분위기는 한결 가벼워졌다.

그러다 보니 자연스럽게 대화가 오갔고, 당연히 그 주제는 윤후에 대한 얘기였다.

윤후는 제나의 끊임없는 질문에 자기가 더 신나하며 답해줬다. 그 모습을 본 앤드류는 변한 윤후가 아직도 적응이 안 됐지만, 딸의 질문 공세에도 미소를 잃지 않는 모습에 이번만큼은 바뀐 모습이 고마웠다. 그러다 제나가 하는 말이 들려왔다.

"그럼 우리 집에 놀러 왔다고 사진 같이 찍어도 돼요?"

"사진?"

"네! 친구들한테 자랑하게!"

"그럴까?"

그때, 앤드류가 손을 들어 제지했다.

"제나, 그건 곤란해. 편하게 하고 오셨는데 무리한 부탁이야. 지금 모습을 다른 사람에게 보여주려고 촬영하는 건 실례야. 알겠니?"

앤드류의 말에 제나가 실망하는 것은 당연했고, 그 대상인 윤후는 머리를 긁적이고는 대식에게 조용하게 물었다.

"저 오늘 이상해요?"

"그러니까 항상 신경 쓰고 다니라고 혔잖여. 너 죙일 모자 쓰고 다녀서 지금 머리도 눌려 있는디?"

앤드류도 곤란한 얼굴로 제나를 바라보고 있었고, 제나는 무척이나 실망한 얼굴이었다. 그러자 윤후가 그런 제나를 보며 가만히 생각하더니 피식 웃으며 식탁에서 일어섰다.

그러고는 거실에 놔둔 모자를 쓰고 돌아오더니 제나에게 손을 내밀었다.

"내가 제일 멋있는 모습이 언제라고 그랬지?"

"노래 부를 때요. 괜찮아요. 사진 못 찍어도……."

"왜? 내가 제일 멋있는 모습 찍어줘야지. 기왕이면 동영상으로 부탁해."

세나는 윤후가 아닌 앤드류가 있는 쪽으로 고개를 빠르게 돌렸다. 그래도 되느냐는 얼굴로 쳐다보자 앤드류는 기대하는 딸의 얼굴에 잠시 고민했다.

그때, 윤후가 손가락을 동그랗게 그리며 OK 사인을 보내는 모습이 보였고, 앤드류는 마지못해 고개를 끄덕였다.

그러자 환호성을 지른 제나가 곧바로 휴대폰으로 동영상 촬영을 하려 했고, 윤후는 손가락을 저으며 제나의 휴대폰을 빼어 대식에게 건넸다.

"형이 촬영 좀 해주세요. 밥값 하셔야죠."

대식은 마지못해 휴대폰을 받아 들었고, 윤후는 곧바로 제나를 보며 입을 열었다.

"기타를 안 가져와서 제나가 좀 도와줬으면 하는데. 도와줄 수 있어?"

"네! 어떻게요? 전 악기 다룰 줄 모르는데……."

"괜찮아."

윤후는 주방을 두리번거리더니 악기가 될 만한 것을 찾았는지 곧바로 자리에서 일어섰다. 그러고는 주방에서 가져온

물건을 앤드류에게 건넸다.

"이 후추통, 위아래로 흔들어주세요. 뚜껑 잘 잡고. 소리 크게 나게. 더 크게. 굿!"

앨리샤는 굳은 얼굴로 후추통을 흔드는 남편의 모습에 웃음을 참지 못했고, 윤후는 그런 앨리샤를 바라봤다.

"그럼 앨리샤 씨는 후추통이 두 번째 위로 갈 때 박수를 쳐주시면 돼요."

"네?"

"쉬워요. 후추통을 위아래로 흔드니까 흔들 때 맞춰서. 할 수 있죠? 그리고 제나는… 자, 포크. 이 포크로 엄마가 박수 칠 때 같이 물 잔을 가볍게 쳐주면 돼. 할 수 있지?"

"네!"

윤후는 다 됐다는 듯 대식을 향해 손가락을 튕겼다. 그러자 대식이 촬영을 시작했고, 윤후는 사인을 보냈다.

그러자 앤드류가 잠시 머뭇거리다가 후추통을 세게 흔들기 시작했고, 앨리샤도 어색한 얼굴로 앤드류의 후추통 흔드는 소리에 맞춰 박수를 쳤다.

제나만 신난 얼굴로 포크로 물 잔을 쳤고, 그 소리를 듣던 윤후가 미소를 짓고 노래를 시작했다.

론, 론, 론, 론, 로온. *변하지 않길*

윤후의 곡 중 최고로 인기가 있는 곡인 'Lon'을 템포를 바꿔 부르기 시작했다. 론 다음에 박수 소리와 포크 소리가 들려왔고, 후추통 소리가 묘하게 어우러졌다.

마치 보사노바처럼 들렸다. 촬영을 하는 대식은 못 말린다는 듯 고개를 저었다.

하지만 윤후의 말대로 연주를 하는 앤드류와 앨리샤는 점점 긴장하기 시작했다. 가볍게 시작했는데 귀에 들리는 음악은 절대 가볍지 않았다.

그러다 보니 마치 세션이라도 된 듯 긴장하기 시작했고, 결국 앤드류가 후추통을 고쳐 잡으면서 뚜껑을 놓치고 말았다.

"에취! 아, 내 눈! 커억! 에이취!"

그 때문에 후추가 쏟아져 후추통을 들고 있던 앤드류가 몽땅 뒤집어썼다. 그에 노래는 멈췄고, 노래 대신 웃음소리가 대신했다.

"아빠! 괜찮아요? 코 나왔어요!"

"아, 여보. 풉! 아, 미안. 빨리 씻고 와요."

앤드류는 연신 재채기를 했고, 식탁에 있던 사람들에게도 그 여파가 몰려왔다. 앨리샤를 시작으로 대식까지 전부 재채기를 해댔다. 윤후도 마찬가지였다.

"여기까지 해야겠다. 에취! 하하하! 에취! 죄송해요. 괜히 이런 거 하자고 해서.”

“아니에요. 재밌었어요. 콜록!”

제나는 지금 모습도 재미있는지 연신 재채기를 하면서도 웃어댔다. 그러고는 윤후를 보며 물었다.

“학교 친구들한테 보여줘도 돼요?”

“그럼! 보여주라고 찍은 건데.”

“와! 빨리 학교 가고 싶다!”

그 모습을 보고 있던 앨리샤가 기침 때문에 목을 가다듬고 윤후를 보며 말했다.

“고마워요. 제나가 살짝 속상해했거든요. 아빠랑 후 씨랑 같이 일한다고 했는데 친구들이 잘 안 믿어줬나 봐요.”

“그래요? 학교가 어딘데요?”

“가까워요. 애비뉴 엘리멘트리 스쿨이에요. 찾아갈 생각이세요? 그럼 앤드류가 화낼 수도 있으니까 그건 참아주세요. 호호! 지금 이것만으로도 충분해요.”

앤드류처럼 자신의 생각을 미리 읽는 앨리샤였다. 윤후는 역시 부부라고 생각하며 대식의 옆에서 동영상을 확인하는 제나를 보며 미소 지었다.

* * *

며칠 뒤 시상식 당일. 차로 이동 중인 윤후는 휴대폰을 보며 얼굴을 찡그렸다.

"뭐 혀? 너 앤드류 씨가 수상 소감 적어준 건 외운 겨?"

윤후는 대식의 질문에도 휴대폰을 보며 분한 듯 주먹을 쥐고 있었다. 대식은 고개를 갸웃거리고는 윤후가 보고 있는 화면을 쳐다봤다.

"뭐여? 여기 네 마을 아니여? 무슨 파티 하는 거여?"

"네. 진짜… 나도 없는데 자기들끼리 집 다 찼다고 골목에서 고기 구워 먹는데요."

"뭐여? 그게 화낼 일이여?"

"아니… 그래도 그건 아닌데. 동네에서 열리는 첫 파티잖아요. 저도 없는데……."

대식은 못 말린다는 듯 몸까지 떨어가며 다시 자리로 돌아왔다.

"형, 우리도 한국 돌아가면 그날 또 파티 해요."

"무슨 파티를 혀! 가면 피곤헌디 쉬어야지!"

"해요. 라온 식구들도 부르고, 전부 다 불러서 골목 파티. 아, 잘됐다. 상 탄 기념으로 하면 되겠다."

"몰러. 앤드류 씨 헌티 말혀."

"지금 먼저 시상식장에 가 있잖아요. 알았죠?"

대식은 못 들은 척하고는 빨리 시상식장에 도착하길 기다렸다.

그렇게 윤후에게 시달리며 이동하다 보니 취재진과 팬들로 장사진을 이루고 있는 곳에 도착했다. 대식이 차를 세우자 기다리고 있던 앤드류가 곧바로 차 문을 열었다.

“곧바로 레드카펫 따라서 올라가시면 됩니다. 연습하신 대로 가볍게 손만 흔들어주시면 되고요.”

“네. 참, 한국 가면 파티 할 거예요.”

윤후는 차에서 내리더니 연습한 대로 팬들에게 손을 흔들며 인사했고, 취재진에게도 미소를 보였다. 그 모습을 보던 앤드류는 차에 올라타 대식에게 물었다.

“파티라니 무슨 소리입니까?”

“후, 빌리지에서 고기를 구워 먹나 봅니다. 그게 부러워서 저러는 거고요.”

영어로 말할 때만큼은 사투리 억양이 들리지 않는 대식의 말에 앤드류는 그제야 이해했다는 듯이 계단을 올라가는 윤후를 바라봤다. 비록 싫고 좋다는 표현이 정확해졌지만 아직까지 굉장히 소박했다. 앤드류는 자신도 모르게 피식 웃었다. 그때, 딸 제나에게서 문자가 도착했다.

[후 오빠! 미리 축하한다고 전해줘!]

윤후 덕분에 딸과 아내에게도 자신의 일을 이해받고 인정까지 받게 된 앤드류였다.

* * *

시상식장에 앉은 윤후는 매우 불편했다. 제일 앞자리인 건 둘째치고 아는 사람이 전혀 없었는데 주변에 있는 모르는 사람들의 시선이 모두 자신을 향해 있었다.

그래서 빨리 상을 받고 노래를 부르고 집으로 가고 싶다는 생각뿐이었다. 하지만 윤후의 무대는 시상식의 제일 마지막이었다.

윤후는 시선들을 받으며 자세를 고쳐 잡았다.

전부 이름을 들으면 알 수 있는 사람들이었고, 당연히 윤후가 들어본 음악의 주인들이었다.

하지만 이렇다 할 친분이 없었기에 시선들이 어색하기만 했다. 게다가 앞에는 카메라가 연신 자신을 촬영하고 있었다.

그때, 누군가가 윤후의 어깨를 두드렸다. 윤후가 고개를 돌리니 익숙한 얼굴들이 보였다.

"단두대!"

"왓? 단두대?"

'Don't do that'의 주인공인 Dii였다. 윤후 덕분에 바뀐 곡으로 꽤 유명세를 타고 있었고, 한국 팬들에게는 단두대라고 불리고 있었다. 그다지 깊은 친분은 아니었음에도 윤후는 환하게 웃으며 인사를 건넸고, Dii 멤버들은 자신들이 아는 윤후가 맞는 건지 서로의 얼굴을 보며 확인했다.

윤후가 미소를 짓자 윤후를 지켜보고 있던 다른 가수들도 하나둘씩 윤후에게 인사를 건넸다. 그리고 그들이 건네는 인사는 하나같이 똑같았다.

"I'm your big fan! Big!"

앞에서 카메라가 촬영하고 있지만 시상식에 참여한 가수들은 윤후의 팬이라며 사진까지 찍자고 달라붙었다.

윤후가 일일이 사진을 찍어주며 인사를 나눌 때, 관계자들이 다가와 장내를 정리하고는 시상식이 시작된다고 알렸다.

Chapter 10
여섯 영혼과 후

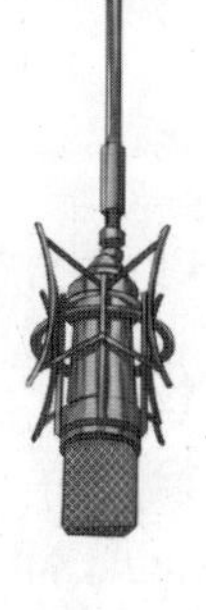

시상식장에서 제일 바쁜 사람은 대식과 앤드류였다. 벌써 몇 번째 상을 타는지 헷갈릴 정도였다. 예상대로 거의 모든 상을 휩쓸고 있었기에 윤후가 받은 상을 옮기는 것만 해도 일이었다.

톱 남성 아티스트상, 아이콘 어워드, 톱 스트리밍송은 물론이고 윤후가 신인이다 보니 톱 신인 아티스트상과 라디오에서 줄기차게 나온 덕분에 톱 투어링 아티스트상, SNS에서 사람들의 입에 쉴 새 없이 오르내리며 음악이 나왔기에 소셜 아티스트상까지 윤후만을 위한 시상식이나 다름없었다.

다만 문제는 상을 너무 많이 받다 보니 준비한 멘트가 다

떨어져 버렸다. 받을 때마다 계속 똑같은 말을 할 순 없었기에 앤드류는 긴장하고 있었다.

Y튜브에서 시상식이 생방송으로 진행되고 있었기에 말실수를 한다면 분명 큰 문제가 될 것이다. 요즘 말을 많이 하고 표현을 잘하는 윤후였기에 이상한 소리는 하지 않을 것 같았지만, 그래도 내심 걱정되는 건 어쩔 수 없었다.

그리고 마침 시상식에서 또다시 윤후의 이름이 불렸다.

"이번에는 빌보드 핫 100 차트의 프로듀서에게 주는 상이죠. 다들 눈치채고 있는 것 같네요. 혼자서 상을 싹 쓸어버리네요. Who!"

"후! 후! 후!"

시상식에 온 관객들은 미친 듯이 후를 외쳐댔고, 다른 가수들은 그 환호성을 부러워하며 무대에 오르는 윤후를 봤다. 윤후가 무대에 올라 상을 받고 마이크를 잡았다.

"감사합니다."

지금까지는 앤드류가 준비해 준 대로 수상 소감을 말하면 됐지만, 이미 다 해버렸기에 윤후도 어떤 말을 해야 할지 난감했다.

그렇다고 그냥 내려갈 순 없었기에 어떤 말이라도 해야 했다. 상을 보며 생각하던 윤후는 씨익 웃고 고개를 들었다.

*　　　*　　　*

한편, 제나는 학교 수업 시간이 끝났지만 친구들에게 둘러싸여 있었다. 친구들이 전부 제나의 휴대폰을 보려 얼굴을 들이밀고 있었다.

"정말 후야? 진짜였네!"

"와! 제나 아빠랑 친한가 봐!"

제나는 자랑스러운 듯 어깨를 한껏 치켜세웠고, 친구들은 제나의 집에서 노래까지 부르는 후의 모습을 신기하게 봤다.

"우리 아빠랑 엄청 친해. 다음에 또 놀러 온다고 했어. 나하고 친구 하기로 했거든."

"와! 진짜? 우리도 만나보고 싶다!"

그동안 친구들이 믿어주지 않은 것이 한이라도 됐는지 저녁 식사에서 있었던 일을 빠짐없이 말해주었다. 하지만 모든 친구가 그 모습을 좋아하는 건 아니었다.

"친구? 풉. 매니저면 후 뒤치다꺼리하는 사람일 텐데… 친구라니? 뻥이 너무 심하잖아. 안 그래, 애들아?"

"그렇긴 한데… 그래도 제나 아빠랑 친할 수도 있잖아."

"일적으로 친할 순 있겠지. 그래도 제나랑은 아니겠지. 후가 뭐 하려고 제나하고 친구 해?"

제나는 영상까지 보여줬음에도 믿으려 하지 않는 몇몇 친구의 모습에 불쾌한 얼굴로 영상을 꺼버렸다. 그동안은 확인시켜 줄 방법이 없었기에 그냥 넘어갔지만, 윤후의 입으로 직접 친구라는 말을 들은 제나는 벌떡 일어나서 화를 내버렸다.

"친구 맞거든! 확인시켜 줄게!"

세나는 곧바로 휴대폰으로 윤후에게 전화를 걸었다. 하지만 신호음만 갈 뿐 연결이 되지 않았고, 기다리는 시간이 길어질수록 친구들의 눈빛이 변해갔다.

제나는 아빠 앤드류에게 전화를 하려다가 오늘이 빌보드 시상식이라는 것이 떠올랐다.

"지금 후! BMA에 가서 전화 못 받는 거야!"

"풉."

"진짜라니까! 기다려 봐!"

제나는 억울한지 붉어진 얼굴로 눈물까지 글썽이며 오늘이 시상식이라는 것을 알려주려 인터넷에 접속했다. 그리고 빌보드 뮤직 어워드를 검색했고, 당연히 윤후의 이름으로 된 기사가 수두룩하게 있었다. 친구들에게 휴대폰을 내밀며 말했다.

"봐! 오늘 시상식이라서 전화 못 받는 거야!"

그럼에도 처음부터 딴지를 걸던 무리는 피식거리며 비웃었고, 그때 제나의 옆에 있던 친구가 휴대폰을 보다가 고개를 들며 제나를 쳐다봤다.

"제나, 진짜 친구였어?"

"…어? 어! 진짜 친구야!"

"오 마이 갓! 이거 영상도 있는데 재생해 봐도 돼?"

"뭔데?"

제나도 친구의 멍한 얼굴 때문에 궁금해져 친구가 말한 기사를 봤다. 제나도 멍한 얼굴로 영상을 재생시켰다.

그러자 친구들도 호기심에 몰려들었고, 제나의 휴대폰에 상을 받는 윤후의 모습이 나오기 시작했다.

—감사합니다. 아, 제나! 보고 있어? 나 상 받았다! 쿠키 먹으러 또 놀러 갈게!

—제나? 애인인가요?

—아닌데요. 친구예요. 에비뉴 엘레멘트리 스쿨 다니는 친구! 제나, 이번엔 후추통 말고 악기 들고 갈게!

학교 이름까지 말한 데다 후추통까지 말했기에 제나가 보여준 영상을 본 친구들은 윤후가 말하는 제나가 지금 자신들 옆에 있는 제나라는 것을 알았다. 잠시 뒤 영상이 끝나자 친구들은 모두 제나에게 눈빛을 반짝이며 달라붙었다.

"제나! 우리도 같이 초대해 주면 안 돼? 응?"

"와! 제나 진짜 대단하다! 어떻게 후랑 친구야! 진짜 멋있다!"

심지어는 딴지를 걸던 친구들까지 제나를 보며 부러워했다. 그리고 친구들 가운데에 선 제나는 기분이 무척 좋은지 콧구멍까지 벌렁거리며 허리에 손을 얹었다.

"봤지? 나랑 엄청 친하다니까!"

*　　　*　　　*

시상식에서 준비한 'Lon'의 무대까지 마친 윤후는 다시 옷을 갈아입고 시상식장에 자리했다. 수상 소감 덕분에 앤드류에게 잔소리를 들었고, 앤드류는 서둘러 다른 수상 소감을 준비했다. 그리고 시상식장에 자리한 윤후는 앤드류가 준비해 준 새로운 수상 소감을 읽고 있었다.

어느새 시상식은 마지막 상만 남았다. 올해의 아티스트상. 윤후 말고는 받을 사람이 없는 상이었다.

25주 1위라는 대기록을 세운 'Lon'을 비롯해 윤후의 앨범 수록곡들은 아직까지 빌보드 순위에 자리하고 있었고, 일부 나라에서는 아직도 1위를 하고 있었다. 게다가 단일 앨범 최대 판매의 기록까지 곧 있으면 깨질 것이 분명했기에 아직 호명도 하지 않았지만 다들 윤후를 바라보고 있었다.

윤후도 이미 알고 있었고, 그저 수상 소감을 잊어버리지 않기 위해 중얼거리며 무대에 나오는 화면을 봤다.

다른 후보들은 아예 없었고, 화면에는 'Lon'을 시작으로 'Wait', '스마일'을 비롯해 'Thank you'까지 모든 음악이 순서대로 나왔다. 그리고 영상이 끝나자 사회자들이 멘트를 시작했다.

"이렇게 보니 정말 장르가 다양하죠? POP부터 R&B는 물론이고 록까지. 한 앨범에 이렇게 다양한 장르가 녹아 있는 앨범이 있었나요?"

"몇 있었죠. 이렇게 모든 곡이 사랑을 받은 경우는 없었지만. 하하! 이건 마치 각 장르에서 최고의 가수들이 만든 앨범 같아요. 저도 뭐 아직까지 이 노래들에서 헤어 나오지 못하고 있네요."

"그렇죠. 마치 여러 명이 작업한 듯한 느낌! 하지만 다 아시죠? 그 모든 걸 혼자서 작업했다는 걸. 믿기 힘들지만 그게 사실이죠. 하하!"

"오, 그러고 보니 정말 그런데요? 앨범만 해도 전부 다른 느낌. 하나, 둘… 한… 다섯 가지 느낌이네요. 뭐 다섯 명의 유령이 도와준 건 아닐까요? 하하하!"

"노노, 또 있죠. 잊으신 건 아니죠? Don't worry about me!"

"아, 그러네요! 그럼 여섯 명! 하하하! 저희들의 멘트가 지겨운지 빨리 넘기랍니다. 자, 그럼 수상자를 소개해 볼까요?"

"하하, 제가 소개하죠. 올해의 아티스트상!"

윤후는 수상 소감이 적힌 종이를 보며 자신을 소개하는 멘트를 들었다. 농담처럼 소개하고 있지만 사실이나 다름없었다. 윤후는 수상 소감에서 그들의 얘기를 하지 않았다.

사람들이 어떻게 받아들일지 몰라 겁이 났고, 그러다 보니 정작 중요한 영혼들에게 감사 인사를 못 했다. 하지만 소개를 듣고 난 윤후는 결심이라도 한 듯 손에 들린 수상 소감을 가만히 보더니 이내 구겨 버렸다.

그리고 자신을 부르는 소리와 함께 자리에서 일어섰다.

"앨범 'Perfect'와 'Don't worry about me'의 Who!"

관객들은 다시 시상식장이 떠나갈 듯 후의 이름을 불렀고, 윤후는 마이크 앞에 서서 건네받은 상을 가만히 쳐다봤다.

그러고는 고개를 끄덕거리며 아직까지 자신의 이름을 연호하는 관객들과 아래에 있는 가수들을 주욱 둘러보고는 마이크에 입을 가져다 댔다.

"감사합니다. 흠……."

윤후가 뜸을 들이자 환호가 점점 잦아들더니 간간이 사진 촬영하는 소리 말고는 시상식장의 모든 사람이 윤후에게 집중했다. 윤후의 말이 이어졌다.

"앞서 말한 감사한 분들 말고도 정말 감사한 분들이 있어요. 흠, 어떻게 말해야 할지… 사실 제 노래에는 전부 주인이 있습니다."

윤후의 말에 다들 웅성거리기 시작했다. 그럼에도 윤후는 묵묵히 말을 이었다.

"'Lon'의 주인이 제 친구 론이란 거 아실 거예요. 사실 다른 노래들도 마찬가지거든요. 지금은 비록 함께할 수 없고 먼 곳으로 떠난 분들이지만, 그분들 덕분에 꿈꾸던 가수를 할 수 있었고 노래도 부를 수 있었어요. 그리고 그분들이 아니었으면 지금 절 도와주시고 계신 분들도 만날 수 없었을 것이 분명하고요. 그래서 그분들께 감사 인사를 하고 싶네요."

사람들은 그제야 윤후가 말하는 뜻을 이해했다. 토크쇼에서 자신의 노래에 대상이 있다는 것을 말했기에 지금 윤후가 말하는 대상이 그 사람들이란 것을 알아챘다.

다들 고개를 끄덕거리며 윤후를 바라봤고, 윤후는 들고 있던 트로피를 하늘로 향해 주욱 들어 올렸다.

"다들 보고 있죠? 저 상 받았어요. 할배, 동호 아저씨, 빈센트 아저씨, 에릭 아저씨, 딘, 이번 상은 우리가 같이 받은 거나 다름없어요. 다들 좋아했으면 좋겠어요. 그리고 마지막으로 고마운 한 사람. 엄마, 고마워요."

윤후는 트로피를 한참이나 들고 서 있었고, 기자들은 그 모습을 촬영하기 바빴다. 관객들은 윤후의 진심 어린 수상 소감에 환호 대신 기립 박수로 대신했다.

*　　　　*　　　　*

윤후는 마지막 엔딩 무대에서 'Don't worry about me'를 불렀다. 그리고 관객은 물론이고 가수들과 기자들까지 전부 코러스를 함께 불렀고, 그 장면이 빌보드의 메인에 걸렸다.

이례적으로 상을 휩쓴 덕분에 빌보드에서 윤후가 상을 탔다는 말을 따로 언급할 필요가 없을 정도로 각종 매체에 윤후의 기사가 넘쳐났다.

물론 한국에서도 마찬가지였다. 거의 모든 매체에서 윤후에 대한 소식만 나왔고, 아직 윤후가 미국에서 돌아오지 않다 보니 보고 들은 수상 소감에 살을 붙이는 기사도 상당했다. 그러다 보니 약간의 오해를 불러일으켰다.

정훈은 공방에서 기사를 확인하다가 놀러 온 김 대표에게 고갯짓을 했다. 그러자 김 대표는 나무를 고르고 있는 이진술에게 다가갔다.

"어르신, 기사 정정해 달라고 얘기해 놨으니까 바로 될 겁니다."

"아이고, 네. 괜찮습니다. 오해가 풀리겠죠."

그때, 제이가 공방 문을 힘껏 열고 크게 외쳤다.

"아이, 진짜! 여기 기사는 할아버지 사진까지 붙여놨네! 왜 자꾸 산 사람 죽이는 거야!"

제이가 말한 기사에는 윤후가 시상식에서 말한 할배를 이진술로 보도하고 있었다. 그러다 보니 기사의 댓글에 고인의 명복을 빈다는 댓글이 주르륵 달렸다. 그 대상인 이진술은 멋쩍은 듯 웃어넘겼지만, 정훈은 김 대표에게 빨리 해결해 달라는 눈빛을 보냈다.

그리고 그때, 은주가 에델과 론을 데리고 공방으로 들어왔다.

"아, 다들 뭐 하세요! 아직도 이러고들 계시네. 느림통도 좀 내놓고 식탁도 좀 내놓고 하시지! 사람들 곧 있으면 도착할 텐데!"

그제야 공방에 있던 사람들이 은주의 눈치를 보며 주섬주섬 일어섰다. 정훈은 론과 에델의 손에 들린 짐을 건네받으려 손을 내밀었다.

"론, 그게 다야?"

"아니, 더 있어. 많다. 아주. 사장님이 매우 놀랐다. 배달."

한국어를 배우기 시작했기에 서툴렀지만 곧잘 하는 론이었고, 정훈은 그런 론의 머리를 쓰다듬고 골목으로 나갔다. 골목에는 MfB의 직원들은 물론이고 라온의 식구들까지 와서 열심히 세팅 중이었다.

골목에서 고기를 구워 먹는 사진을 윤후에게 보낸 게 실수였다. 윤후가 미국에서 출발하기 전부터 한국에 도착하면 자기도 함께 고기를 구워 먹길 원했기에 벌어진 일이었다. 그리고 기왕 파티를 하는 김에 윤후의 빌보드 수상을 축하하기로 결정했고, 많은 사람들을 초대했다.

온주의 지휘 아래 골목에는 많은 사람들이 파티 준비를 했고, 파티 준비가 얼추 마무리될 때쯤 한 팀씩 도착하더니 어느새 골목이 사람들로 북적거렸다.

한쪽에는 빈손으로 오기 그랬는지 초대받은 사람들이 사온 선물들이 있었고, 그 선물을 본 정훈은 윤후가 혹시 늦진 않을까 걱정되는지 휴대폰만 살폈다.

그럼에도 불안했는지 김 대표에게 물었다.

"윤후, 몇 시 도착이지?"

"좀 전에 대식이가 공항에 도착했다고 했으니까 기자회견 마치고 곧바로 올 거예요."

"늦진 않겠지?"

"앤드류하고 같이 있으니까 걱정 안 하셔도 될걸요?"

정훈은 고개를 끄덕거리다 말고 골목 입구에서 사다리까지 놓고 무언가를 걸고 있는 김진주와 라온의 직원들을 바라봤다. 팬클럽에서 준비했다고 전해 들었다.

정훈은 현수막에 적힌 글을 가만히 바라봤다. 분명 윤후를 잘 아는 팬들이 보낸 선물인 만큼 윤후도 마음에 들어할 것 같았다.

그 뒤로도 한참이 지났건만 윤후가 도착하지 않았다. 해가 지고 가로등과 MfB에서 준비한 전등이 불빛을 대신했다. 골목에 있던 사람들은 하염없이 윤후를 기다렸고, 그때 마침 기다리던 차가 울타리 밖에서 보이더니 잠시 뒤 MfB의 입구로 들어섰다.

차가 멈추자마자 문이 열리고 곧바로 윤후의 모습이 보였다. 아니나 다를까, 골목을 연신 살피더니 이내 차 안에서 가방 하나를 건네받고는 곧장 골목으로 뛰어왔다.

"아들! 왜 이렇게 뛰어! 천천히 와!"

정훈을 비롯해 모든 사람들이 윤후를 반겨주었고, 윤후는 씨익 웃으며 인사했다.

"다녀왔습니다!"

윤후가 도착함과 동시에 곧바로 파티가 시작되었다.

김 대표와 정훈, 앤드류는 각자 드럼통을 하나씩 맡고 고기를 쉴 새 없이 구웠고, 윤후는 그 모습마저 좋은지 입가에 미소가 떠나지 않았다.

라온 옥상에서 보던 포장마차 테이블이 가득한 골목에는 테이블마다 사람들로 북적거렸다.

가볍게 술을 마시는 사람도 있었고, 자기들끼리 떠들다가도 윤후와 눈이 마주칠 때면 소리를 지르며 축하한다는 말을 건

냈다.

그 모습에 윤후는 미소를 지으며 손을 흔들어주었다.

"아빠 대신 내가. 치익치익."

론의 말을 이해한 윤후가 알았다는 듯 고개를 끄덕이자 론은 곧바로 정훈과 교대했다. 정훈은 꽤 힘들었는지 자리에 털썩 주저앉으며 윤후를 바라봤다.

"어때, 좋아?"

"네. 재밌어요."

"어휴, 두 번만 재밌다가는 몸살 나겠어. 상은 어딨어?"

그러자 윤후는 그제야 생각났다는 듯 앤드류와 교대하려는 대식을 보며 물었다.

"형, 제 트로피 어딨어요?"

"집에 잘 놔뒀는디? 왜, 자랑헐라고?"

윤후는 씨익 웃고는 곧장 자리에서 일어섰다. 다들 윤후 때문에 모인 사람들이다 보니 윤후가 움직이자 윤후에게 모든 시선이 쏠렸다. 그리고 집에 들어간 윤후가 트로피를 한가득 들고 나타났다.

정훈은 사람들이 모두 윤후를 보고 있음을 느끼고는 상을 들고 온 윤후에게 말했다.

"아들, 사람들한테도 보여주는 게 어때?"

"아! 그럴까요?"

"저기 마이크도 있어. 김 대표가 회식에는 노래방이 있어야 된다고 해서 준비해 놨어. 하하!"

윤후도 잘되었다는 듯 마이크를 잡고 입을 열었다.

다들 먹고 있던 것을 멈추고 윤후가 무슨 말을 할까 기대했다.

첫 번째 상을 자랑할 때까지만 해도 다들 흥미진진하게 지켜봤다.

하지만 두 번째, 세 번째를 넘어 계속 상에 대해 얘기하자 하나둘 고개를 돌리기 시작했다.

"이건 소설 아티스트상인데요, 이걸 조세핀이 시상했거든요? 다들 아시죠? 'Love it'을 부른 사람. 엄청 유명한데. 아시죠? 전 사실 얼굴만 보고 몰랐거든요."

얘기를 끝낼 생각이 없기에 지친 사람들이 정훈의 옆에 자리했다.

그러고는 지친 얼굴로 턱을 괴고 신난 얼굴의 윤후를 바라보며 툭하고 말을 던졌다.

"우리 형은 저렇게 말이 많지 않았는데……."

"우리 남편도 마찬가지야. 저렇게 말이 많진 않았는데……."

"우리 형님도 말수가 적었지."

"우리 오빠도요."

"우리 아빠는… 원래 말 없기로 유명하니까……."

다들 자신의 가족과는 관련이 없다고 말했고, 그 말을 듣던 정훈이 헛기침을 하며 말했다.

"윤후 엄마가… 말이 좀 많긴 했는데… 하하!"

정훈은 모두가 이제야 알았다는 듯 고개를 끄덕이는 모습에 목을 가다듬고 윤후에게 소리쳤다.

"아들, 자랑 그만하고 선물이나 보는 게 어때?"

"거의 다 했어요."

"아니야, 아니야. 선물 보는 게 좋을 거 같아. 맞다! 뎁뎁이들이 보낸 선물도 있는데 봤어?"

그제야 윤후는 마이크를 내려놓고 두리번거렸다.

그러자 정훈을 비롯해 같은 테이블에 있던 사람들이 동시에 손가락으로 골목 입구에 걸린 현수막을 가리켰다.

입구에서 봐야 제대로 볼 수 있었기에 윤후는 무슨 글인가 현수막을 쳐다보며 입구로 향했다.

입구에 도착한 윤후는 고개를 들어 현수막을 보고는 씨익 웃었다.

빌보드를 물들인 후와 여섯 영혼의 이야기.

*　　　*　　　*

몇 달 뒤, 오랜만에 병원을 다녀온 윤후는 그동안 병원을 다녀왔을 때와는 확연히 달랐다.

슬퍼하지도 않았고 심각한 얼굴도 아니었다. 그저 침대에 누워 천장을 보며 미소를 지을 뿐이었다.

"아들, 이제 영혼의 방에서 목소리 나와?"

정훈의 질문에 윤후는 씨익 웃더니 벌떡 일어나 앉았다.

"놀라지 마세요. 이제는 영혼의 방에서 노래도 부를 수 있고, 작곡도 하고 녹음도 하고 그래요."

"뭐?"

"히히, 엄마랑 영혼들이 준 선물 같아요."

"최면 아니더라도 마음대로 들어갈 수 있다고?"

정훈은 약간 걱정스러운 듯 물었지만 윤후는 자랑하듯 대답했다.

"그럼요. 생각한 대로 바로바로 나오니까 엄청 편해요."

"막… 머리 아프고… 그런 건 아니지?"

"괜찮아요. 벌써 며칠 만에 백 곡 넘게 썼는걸요. 들어보실래요?"

윤후는 눈을 감더니 신이 난 얼굴로 변했다. 잠시 뒤 눈을 뜨고 정훈에게 물었다.

"완전 좋죠! 어때요?"

아무것도 듣지 못한 정훈은 윤후를 보며 조심스럽게 물었다.

"…혹시 머릿속에서 들린 거 들려준 거야?"

"네!"

"아들, 이번엔 누구한테도 얘기하지 마. 꼭!"

『여섯 영혼의 노래, 그리고 가수』 완결